Bernd Töpfer

Sei lustig oder stirb

Bernd Töpfer

Sei lustig oder stirb

Eine Horror–Clown-Geschichte

Impressum

Ausgaben:
E-Book und Taschenbuch

Coverdesign: Irene Repp
https://daylinart.webnode.com/
Bildrechte: © de Art - stock.adobe.com; © futurevision* - 123rf.com; © liudmilachernetska - 123rf.com; © neirfy - 123rf.com
Lektorat und Buchsatz: Elsa Rieger
Imprint: Independently published
ISBN: 9798328571104

Inhalt

»Seit ich tot bin, bin ich ein anderer Mensch. Jetzt kann ich Gott spielen, und ich genieße es.«

»Wer nicht lustig ist, hat es nicht verdient zu leben.«

Dies sagt der Clown in diesem Buch …

Prolog

Es geschah im Mai 2017. In einer Kleinstadt gastierte ein mittelgroßer Zirkus. Abendvorstellung. Oben auf dem Trapez hatte sich der Zirkusclown platziert. Keiner konnte ihn sehen, denn die Scheinwerfer waren in die Arena gerichtet. Erst wenn die Trapezkünstler ihren Auftritt hätten, würden sie die Zeltkuppel beleuchten.

Der Zirkusdirektor betrat die Manege und wollte die Gäste willkommen heißen, doch kaum hatte er den ersten Satz beendet, geschah das Fürchterliche.

Der Clown hatte sich vom Trapez fallen lassen, fiel jedoch nicht auf den Boden der Manege. Er hing an einem Strick, der seinen Hals umschlang. Der Körper des Clowns baumelte hin und her. Er hing vielleicht einen Meter über dem Boden, nur wenige Zentimeter vom Zirkusdirektor entfernt.

Der Aufschrei im Zelt war groß. Da hatte sich der Clown in aller Öffentlichkeit das Leben genommen, das verstand wohl keiner so richtig.

Am allerwenigsten der Zirkusdirektor, denn der Clown war sein Sohn.

1. Die Niemüllers

Zum ersten Mal wurde der Clown in einem kleinen Vorort der Stadt gesehen.

Frau Niemüller fuhr mit ihrem zwölfjährigen Sohn David aus der Stadt, nachdem sie ihn von der Schule abgeholt und anschließend Einkaufen war. Gegen halb vier kamen sie zu Hause an.

Wie immer parkte sie das Auto vor dem Haus und noch ehe sie ausstiegen, entdeckten sie den Clown. Der kam auf sie zu und überreichte dem Jungen und der Mutter jeweils einen Luftballon.

Frau Niemüller las die Aufschrift auf dem Luftballon ihres Sohns und wurde zornig.

Sei lustig oder stirb, stand da. So was konnte man doch keinem Kind geben! Das war geschmacklos. Was bildete sich dieser Kerl nur ein?

Sie wollte dem Clown ihr Missfallen ausdrücken, drehte sich ruckartig zu ihm um – aber der war nicht mehr da. Wie konnte das sein? Sie hatte sich doch nur zwei Sekunden weggedreht. So schnell konnte der Clown nicht verschwinden. Aber anscheinend doch, denn er war ja nicht mehr da. Merkwürdig. Und dann diese Schrift auf dem Luftballon, was sollte dieser Blödsinn?

Und wieso war der Kerl als Clown verkleidet? Es war doch kein Zirkus in der Stadt. Oder hatte sie was verpasst?

Sie wandte sich wieder David zu. »Pass auf, wir stechen eine Nadel rein, das macht Spaß.«

Er schüttelte den Kopf. »Ich will den behalten, Mutti, und wenn du deinen nicht magst, dann gib ihn doch mir.«

Frau Niemüller wollte widersprechen, hielt aber inne und überlegte, was wohl die richtige Entscheidung wäre. Hier ging es um einen Zwölfjährigen, um Gefühle und Erziehung. Sie wollte ihren Jungen emotional nicht wehtun. Okay, Okay, dachte sie, es sind nur Luftballons. »Dann behalte sie halt«, sagte sie.

Einen Tag später. Normalerweise kam David mit dem Bus zur Schule, aber an diesem wunderschönen Junitag fuhr ihn seine Mutter mit dem Auto in die Stadt. Anschließend wollte sie sich in einem Café mit ihrer besten Freundin zum Frühstück treffen.

Frau Niemüller ging keiner Arbeit nach, sie war Hausfrau und Mutter und da hatte sie genug zu tun. Hinzu kam der günstige Umstand, dass ihr Mann in der Stadt ein Autohaus sein Eigen nannte. Schlecht ging es ihnen nicht. Sie hatten hier im Dorf ein großes Grundstück erworben, das alte Haus abgerissen und ein neues aus dem Boden gezaubert. Hinterm Haus lag ein großer Garten, in dem natürlich ein Swimmingpool nicht fehlen durfte. Familie Niemüller führte ein glückliches Leben. Bis zu diesem Tag.

Als Birgit Niemüller sich von ihrer Freundin verabschiedete, es war kurz nach halb elf, sie musste noch fünf Kilometer mit dem Auto fahren. Drei Kilometer hatte sie bereits hinter sich, da geschah das Unfassbare, Frau Niemüller fuhr mit dem Auto gegen einen Baum. Auf beiden Seiten der Landstraße befanden sich Buchen und Linden. Allerdings geschah der Unfall nicht in einer Kurve, weil die Straße schnurgerade verlief. Obwohl Birgit angeschnallt war, überlebte sie den Unfall nicht.

Ein anderer Verkehrsteilnehmer, der nur hundert Meter hinter ihr gefahren war, hatte es genau gesehen. Sie lenkte einfach rechtsherum und fuhr genau gegen den Baum. Er wollte sofort erste Hilfe leisten, aber ein Blick genügte; die Frau war tot.

Thomas Bradler war Rettungssanitäter und hatte seinen freien Tag. Er wollte seine Eltern besuchen, hatte noch vierzig Kilometer vor sich. Nun würde sich aber alles etwas verzögern. Er ging zurück zum Auto, nahm das Handy und verständigte die Polizei. Dann entnahm er seinem Kofferraum das Warndreieck. Als er wieder zu dem Unfallauto wollte, machte er große Augen und konnte es nicht verstehen. Am Seitenspiegel auf der Fahrerseite war ein Luftballon angebracht. Wo und wie kam der denn her?

Er war doch der einzige Mensch hier. Bisher war nicht mal ein anderes Auto vorbeigekommen. Und er hatte den Unfallort höchstens zwei Minuten aus den Augen verlassen. Höchstens. Beim Telefonieren mit der Polizei hatte er ihn noch im Auge behalten. Er hätte gesehen, ob sich jemand dem Auto näherte.

Was war hier passiert? Als er vor dem Luftballon stand und ihn betrachtete, schüttelte er immer noch den Kopf. Er konnte das nicht begreifen. Und dann las er, was auf dem Luftballon geschrieben stand: *Sie war nicht lustig.*

Was hatte das nun wieder zu bedeuten? Fragen über Fragen. Dieser freie Tag heute würde kein guter Tag werden.

Nachdem Herr Bradler seine Aussage gemacht hatte, verhärtete sich der erste Eindruck der Verkehrspolizei, dass es ein Unfall war. Vielleicht sogar Suizid? Auf alle Fälle würde man das Auto technisch untersuchen lassen. Aber die Sache mit dem Luftballon, konnte man das Herrn Bradler glauben? Erfreulicherweise kannte einer der Polizisten den Rettungssanitäter, und der glaubte Herrn Bradler.

Als dann noch Herr Niemüller von den beiden Luftballons am Vortag erzählte, kam der Polizei Zweifel zur Unfalltheorie auf. Da Herr Niemüller eine Selbsttötung zu hundert Prozent ausschloss, wurde vorsichtshalber die Kriminalpolizei informiert.

Für Herrn Niemüller und seinen Sohn brach eine Welt zusammen. Alles um sie herum war wie ein Kartenhaus eingestürzt. Mutter und Ehefrau plötzlich tot. Das musste man erst mal verarbeiten. Aber so einfach ging das nicht. Ein Unfall war es keinesfalls, da waren die beiden sich einig. Alles hing mit diesen verdammten Luftballons zusammen. Aber wie? Was passierte hier?

Und was dieser Herr Bradler erzählt hatte, dass der Luftballon wie von Geisterhand an das Auto angebracht worden sei, das glaubten sie ihm. Nur verstehen konnten sie es nicht. Noch nicht. Vielleicht irgendwann mal. Aber eines wussten sie, hier ging nichts mit rechten Dingen zu. Dieser Clown, war das überhaupt ein Mensch?

Am liebsten hätte David die beiden Luftballons zerstochen, so wie es seine Mutter gestern tun wollte. Dann würde sie vielleicht noch leben. Er machte sich große Vorwürfe. Doch die Kriminalpolizei wollte die beiden Luftballons mitnehmen, zwecks Untersuchung und als Beweisstücke.

Die Kriminalpolizei sah letztendlich keinen Grund, wegen irgendwelcher Aufschriften auf Luftballons einen Verkehrsunfall auf einen eventuellen kriminellen Hintergrund zu untersuchen.

Der Beruhigung wegen schickte man einen Mann zum Unfallort, vielleicht war ja doch was dran, selbst wenn keiner wirklich dran glaubte. Zumal auch am anderen Tag feststand, dass das Auto technisch einwandfrei gewesen war.

An Frau Niemüller würde man noch eine Autopsie vornehmen, vielleicht hatte sie Drogen oder irgendwelche Medikamente zu sich genommen.

Was sollte also die Kriminalpolizei mit diesen Luftballons anfangen? Die stellten keinen Strafbestand dar. Nichts deutete auf ein Gewaltverbrechen hin. Was dachten sich die von der Verkehrspolizei nur? An der ganzen Sache war nichts Verdächtiges. Nur weil ein als Clown verkleideter Spinner Luftballons mit ungewöhnlicher Aufschrift verschenkte, musste man doch nicht gleich das Schlimmste annehmen. Ein Clown und Luftballons als Kriminalfall, einfach nur lächerlich. Der Fall blieb vier Tage auf dem Schreibtisch liegen. Man hätte eh nichts tun können.

Die Autopsie der Frau brachte keine neuen Erkenntnisse an den Tag: kein Drogenmissbrauch und kerngesund. Warum sie also vor den Baum gefahren war, das wird wohl für immer ein Rätsel bleiben.

Markus Triemer wurde zu seinem Chef ins Büro gerufen. Dort erfuhr er, Herr Niemüller hatte sich an die Kriminalpolizei gewandt, weil er Angst um das Leben seines Sohnes und das eigenes hätte.

»Es klingt verrückt«, sagte Baudisch, »aber heute früh fanden die beiden einen Luftballon an ihrer Haustürklinke, auf dem stand: Ihr müsst wieder lustig sein.

Ich gebe euch zwei Tage. Was sollen wir tun? Es scheint wohl doch unser Fall zu werden«, sagte er ernst und nachdenklich.

Sein Chef, Volker Baudisch, zwei Jahre älter als Triemer, ahnte, was in dessen Kopf vorging. Aber keiner von beiden sprach es aus.

Schließlich erhob sich Triemer. »Okay, ich kümmere mich persönlich darum.«

Den ersten Tag nach dem Tod von Frau Niemüller blieben Vater und Sohn zu Hause. Aber das half nicht, es wurde ein Tag voller Schmerz und sie konnten nicht abschalten.

David kam von ganz allein auf die Idee, am nächsten Tag wieder zur Schule zu gehen, das würde ihn vielleicht ablenken. Sein Vater gab ihm recht. Er selbst würde ins Autohaus fahren. Es war eine ganz neue Herausforderung für beide, sie mussten erst lernen, mit der Situation umzugehen. Einfach würde es wohl nicht werden. Und die quälende Ungewissheit, warum war Birgit vor den Baum gefahren? Warum? Wieso? Christoph Niemüller konnte es einfach nicht glauben. Kein technischer Fehler am Auto und bei der Autopsie seiner Frau wurden keine Auffälligkeiten gefunden. Aber einen Grund muss es ja geben.

Und dieser Grund, davon war Herr Niemüller jetzt überzeugt, waren die Luftballons von dem Clown. Irgendwie hatte der etwas mit dem Tod seiner Frau zu tun. Zudem ängstigte ihn die neue Nachricht: zwei Tage Zeit. Es ließ ihm keine Ruhe und er suchte Triemer auf.

Der bot ihm den Stuhl vor seinem Schreibtisch an.

Christoph Niemüller sagte: »Es klingt alles irreal, aber wie soll man es sonst erklären?«

Der Kommissar schwieg, ließ ihn reden.

»Unheimlich ist das alles. Mein Junge hat mir erzählt, sie saßen noch im Auto, da erschien wie aus dem Nichts dieser Clown auf dem Gehweg. Und als er ging, hat er sich nach drei oder vier Schritten in Luft aufgelöst. Und dann dieser Luftballon am Auto meiner Frau, wie kam der dorthin? Das kann ja nur dieser Clown gewesen sein. Und er scheint kein Mensch zu sein.«

Triemer musste ihm recht geben, er nickte.

»Und jetzt diese Warnung: zwei Tage Frist. Ich habe keine Ahnung, was ich tun soll. Vielleicht die Koffer packen und irgendwohin fahren?«

»Dies wäre eine Möglichkeit, Herr Niemüller«, antwortete Triemer, »aber ob es sinnvoll ist? Entweder der Clown findet Sie oder er wartet hier, bis Sie wieder zurück sind. Ich habe keine Ahnung. Und wenn er kein Mensch ist, wie können wir ihn besiegen?«

Sekundenlanges Stillschweigen.

Christoph seufzte. »Aber vielleicht stellt sich doch alles nur als ein schlechter Scherz … nein, ist es nicht. Ich glaube meinem Sohn, der Clown macht sich unsichtbar. Aber ich muss doch eine Entscheidung treffen.«

Wieder langes Schweigen.

»Herr Triemer, bilde ich mir das alles nur ein? Stehe ich unter Schock? Das kann es doch nicht geben, oder? Ein unsichtbarer Clown, der Leute umbringt? Der Autos oder Menschen manipuliert, wie auch immer er es anstellt. Sagen Sie ganz ehrlich, nehmen Sie mich ernst?«

»Ich nehme Sie und diese Sache sehr ernst. Ich weiß, die Welt ist anders, als wir alle denken. Ich habe es voriges Jahr am eigenen Leib erfahren, wie man so schön sagt. Da ist mein ganzes Weltbild zusammengebrochen. Wollen Sie hören, was ich voriges Jahr erlebt habe? Es ist natürlich nicht zu vergleichen mit Ihrer jetzigen Situation, aber dann verstehen Sie vielleicht besser, was hier abgeht. Die Welt ist anders, als uns die Wissenschaft erzählt.«

2. Triemers Geschichte

Markus Triemer ging an seinen freien Tagen gern in seine Stammkneipe. Er lebte allein, war seit sechzehn Jahren geschieden, die Tochter wohnte weit weg. Sein Bekanntenkreis beschränkte sich auf eine Handvoll Biertrinker an der Theke. Die Kneipe war für ihn eine Art Wellness-Oase für die Seele. Abschalten vom widerlichen Alltag, von all den Verbrechen. Für eine kurze Zeit diesen verdammten menschlichen Abschaum vergessen. All die Mörder und Totschläger. Das Leben war nicht schön. Die schöne Zeit dauerte immer nur einen kurzen Moment.

Sonntag, freier Tag. Triemer war auf dem Weg zur Stammkneipe. Frühschoppen. Er musste nur über die Straße, dann zehn Minuten durch die Parkanlage, schon war er am Ziel.

Kaum im Park, fiel sein Blick auf den Kastanienbaum am Wegrand. Der sah heute anders aus. An einem der Äste hing eine Person. Beim Näherkommen stellte Triemer fest, er kannte den Mann doch. Hubert Blaufuß. Saß der nicht im Gefängnis? Vor vier Jahren hatte er ihn des Mordes an seiner Frau überführt. War er ausgebrochen?

Aber wieso hing er an diesem Baum? Wer hatte den Mann aufgehängt? Zu viele Fragen auf einmal. Triemer nahm sein Handy, suchte in den Kontakten die Nummer des diensthabenden Kollegen, drückte die Ruftaste, hielt das Handy ans Ohr und schaute dabei wieder zum Baum. Er traute seinen Augen nicht.

Blaufuß war weg! Wieso denn das? Was geht hier vor, dachte Markus erschrocken, ich bin doch nicht verrückt.

Sein Kollege meldete sich. »Was gibt es, Markus?«

»Oh, entschuldige, ich wollte jemand anderen anrufen. Falsche Nummer gedrückt.«

Immer noch Sonntag. Triemer machte einen kleinen Abendspaziergang. Er hielt es zu Hause nicht mehr aus, brauchte frische Luft und hoffte, nicht den Verstand zu verlieren. Außerdem war es ein herrlicher Sommertag, da blieb man nicht in den eigenen vier Wänden hocken.

Seine Gedanken kreisten jedoch um Blaufuß und das Ereignis am Morgen, statt die wunderbare Abendstimmung zu genießen. Er hatte es gesehen, es war keine Einbildung. Oder doch?

Ich bin doch nicht krank, sinniert er. Nein, bin ich nicht. Aber die Angst ist da, die Angst, zu verblöden.

Spaziergang beendet. Triemer schloss die Wohnungstür auf, trat ein und blieb wie angewurzelt stehen.

Blaufuß stand vor ihm. »Rette mich, Triemer, rette mich.« Und innerhalb einer Sekunde war Blaufuß verschwunden.

Die Nacht ging schlaflos an Markus vorbei.

Montag früh. Triemer war mit zwei Kollegen im Büro.

Einer telefonierte, der andere erzählte Triemer von einem Fußballspiel, das er am Sonntag gesehen hatte.

Die Tür ging auf, der Chef trat ein. Er begrüßte die Kollegen und kam auf einen aktuellen Fall zu sprechen, der nun abgeschlossen war. Er war schon in der Tür, drehte sich aber noch zu Triemer um. »Ach, da fällt mir ein, Markus, du hast doch damals den Blaufuß verhaftet.« Triemer bejahte. »Den haben sie heute früh in seiner Zelle erhängt aufgefunden.«

Markus erbleichte. Da musste es doch einen Zusammenhang geben, die Begegnungen mit Blaufuß war gewiss ein Zeichen gewesen. Auch wenn er ein realitätsbezogener Mensch war, an keinen Gott und anderen spirituellen Kram glaubte, begann er jetzt an seinem Weltbild zu zweifeln. Und noch ehe er dem Chef antworten konnte, ging die Tür auf und ein Mann trat ein. Alle starrten zur Tür.

Dort stand Blaufuß und sagte: »Der Müller und der Krüger, die haben mich getötet. Die müssen bestraft werden.« Blaufuß löste sich in nichts auf.

Triemer konnte es nicht glauben. »Ihr habt ihn doch eben gesehen, den Blaufuß, oder?«

Seine Kollegen nickten. Markus fiel ein Stein vom Herzen. Sein Verstand war in Ordnung. Sogleich erzählte er den Kollegen von der gestrigen Begegnung mit Blaufuß.

Sie glaubten ihm jedes Wort, denn schließlich hatten sie Blaufuß soeben auch gesehen. Wäre er nicht im Büro erschienen und Triemer hätte seine Geschichte erzählt, sie hätten ihn ausgelacht und für verrückt erklärt. Doch er war bei vollem Verstand, seine Kollegen auch. Verrückt war nur die Geschichte.

»Sehen Sie, Herr Niemüller, das habe ich erlebt«, endete er seine Geschichte.

»Ich hatte gehofft, dass ich mich irre, aber Ihre Erzählung gibt mir recht, hier geschieht etwas ganz Unheimliches, etwas Irreales, und es sieht für David und mich nicht gut aus.«

»So schnell geben wir aber nicht auf. Zwei Tage Frist. Sie könnten versuchen, lustig zu sein, aber ich glaube, das wird Ihnen bei dem Trauerfall nicht gelingen. Und bestimmt erkennt der Clown gekünsteltes Lustigsein und wird es nicht gelten lassen. Aber ich werde veranlassen, dass Sie beide ab morgen rund um die Uhr überwacht werden«, antwortete Triemer und lächelte beruhigend.

Markus Triemer selbst traf am zweiten Tag kurz vor Mitternacht vor Niemüllers Haus ein. Er blieb auf der gegenüberliegenden Straßenseite in seinem Wagen sitzen und wollte das Haus von außen im Auge behalten. Ein weiterer Polizist in Zivil hatte irgendwo verdeckt vor dem Haus Stellung bezogen, ein weiterer befand sich hinter dem Haus und zwei Beamte hielten sich in der Wohnung auf. Nach menschlichem Ermessen konnte eigentlich nichts schief gehen. Dass der Feind kein Mensch zu sein schien, machte die ganze Angelegenheit schwieriger. Den Polizisten vor Ort hatte man das natürlich nicht gesagt. Sie hätten es nicht geglaubt. Und da sie ahnungslos waren und sich keine Gedanken um Geister machen mussten, waren sie besser einsatzbereit.

Die Nacht verlief ohne Zwischenfälle. Triemer trank bei Herrn Niemüller eine Tasse Kaffee und machte sich dann nach Hause auf, um ein paar Stunden zu schlafen. Das Wachpersonal wurde ebenfalls abgelöst und am Tag um zwei weitere Polizisten im Außenbereich verstärkt.

Gegen zehn Uhr erhielt Triemer einen Anruf von seinem Chef. Es hatte einen schweren Verkehrsunfall auf der Autobahn gegeben. Ein Rettungshubschrauber mit einem Schwerverletzten war genau über Niemüllers Haus abgestürzt. Beide Niemüllers und zwei Polizisten waren tot, wie auch die Insassen des Hubschraubers. Insgesamt acht Tote. Triemer konnte es nicht fassen. Ein ganz normales Unglück?

Nein, denn da war dieser Luftballon, der an der auf dem Boden liegenden Haustür befestigt war. *Sie waren nicht lustig*, konnte man darauf lesen. Und etwas kleiner gedruckt: *Alle waren nicht lustig.*

Eine Untersuchung des Hubschrauberabsturzes hatte ergeben, es war wohl ein Totalversagen der gesamten Technik gewesen. Wie dies passieren konnte, das war im Nachhinein nicht mehr zu erklären.

3. Luftballons

Ewald Braun ging vormittags in die Stadt, zur Apotheke, um für seine Frau und sich Medikamente holen.

Wenn man über siebzig ist, da stellten sich Abnutzungserscheinungen ein, und man brauchte diesen Kram. Einer mehr, der andere weniger.

Der kürzeste Weg von seiner Wohnung zur Apotheke war der über die Hauptstraße. Etwas länger war es über den Stadtpark, dafür war der aber schöner und ruhiger, ohne Straßenverkehr. Und weil das Wetter angenehm war, entschied sich Ewald, den Heimweg durch den Park zu nehmen. Dort wollte er sich auf eine Bank setzen und in Ruhe eine Zigarre rauchen. Bald saß er auf der Bank, genoss seine Zigarre und schaute geradeaus zu einem Blumenbeet.

Er hatte die Zigarre zur Hälfte geraucht, da passierte das Unfassbare. Plötzlich saß ein Clown neben ihm. Ja, ein echter Clown. Er kam aus dem Nichts. Wäre dieser Clown links oder rechts auf dem Weg zu seiner Bank gekommen, er hätte ihn bemerkt. Eine Minute zuvor war eine junge Frau an Ewalds Bank vorbeigegangen, aber kein Clown. Der saß auf einmal neben ihm.

Ewald erschrak, bald hätte er den Zigarrenqualm verschluckt. Entsetzt sah er den Clown neben sich an.

Der trug eine Latzhose aus rotem Webkaro und eine Riesenkrawatte mit Gummiband. Auf dem Kopf eine Mütze, gleicher Stoff wie die Latzhose und Krawatte. Die Haare ebenfalls rot und sie standen am Rand der Mütze ab. Die Nase, wie man sie von den Clowns kennt, rot und rund.

Ewald wollte etwas sagen, aber er bekam kein Wort heraus.

»Sie sehen blass aus, ist Ihnen nicht gut?«, fragte der Clown und grinste ihn an.

»Wo, wo … wo sind Sie so plötzlich hergekommen?«

Der Clown grinste immer noch, zauberte dann eine Tröte in seine rechte Hand, blies hinein und nach einer Sekunde war er verschwunden.

An der Banklehne entdeckte Ewald einen angebundenen roten Luftballon. Darauf stand geschrieben: *Sei lustig oder stirb.*

Was hatte das zu bedeuten? Ewalds Herz schlug schneller als sonst. Er fühlte sich bedroht. Aber warum und von wem? Was er eben erlebt hatte, konnte nicht sein, das war ein Unding. Dennoch hing da ein Luftballon, der vorhin noch nicht da war. Also gab es den Clown.

Oder hatte Ewald den Verstand verloren? Fing das so an? Man sieht Dinge, die es gar nicht gibt? Er schüttelte den Kopf, trat seine Zigarre aus und machte sich auf den Heimweg. Sollte er es seiner Frau erzählen? Wohl besser nicht.

Die würde ihn bestimmt fragen, ob er noch bei Verstand sei.

Zu Hause angekommen, Überraschung. Kaum hatte er die Wohnung im ersten Stock betreten, sah er schon, dass etwas gewaltig aus den Fugen geraten war. Was würde er heute alles noch erleben müssen? Er merkte, wie Schweiß seine Stirn bedeckte.

An einem Haken der Flurgarderobe hing ein roter Luftballon. Auch auf ihm stand: *Sei lustig oder stirb.*

Seine Frau trat aus der Küche und noch ehe Ewald etwas sagen konnte, plauderte sie drauf los, ohne Luft zu holen. Und so erfuhr er, dass es vor wenigen Minuten erst an der Wohnungstür geklingelt hatte. Sie sei sofort zur Tür geeilt, habe sie geöffnet und einen Clown dort stehen sehen. Der grinste, blies in eine Tröte und überreichte ihr den Luftballon. Dann verschwand er, stieg die Treppe hinab und sagte kein Wort. Ohne sich weitere Gedanken zu machen, hatte Luise den Luftballon an den Garderobenhaken gebunden. Den Spruch fand sie schelmisch. Ob ein Zirkus in der Stadt wäre, wollte sie wissen. Er verneinte, denn das hätte garantiert in der Zeitung gestanden. Täglich las er die Zeitung, von vorn bis hinten, er ließ nichts aus. Nachdem Luise mit ihrer Erzählung fertig war, berichtete er von seiner Begegnung mit dem Clown im Stadtpark und bereute es sofort.

Schon der Beginn der Erzählung sei der reinste Schwachsinn, hielt ihm Luise vor. »Aus dem Nichts.

Du hast doch einen Vogel. Du wirst mit deinen Gedanken woanders gewesen sein und hast gar nicht mitbekommen, als der Clown sich neben dich gesetzt hat.«

Ewald sagte daraufhin nichts mehr, ließ Luise stehen und redete den ganzen Tag kein Wort mehr mit ihr. Wenn er weitererzählt hätte, dass der Clown ebenso verschwand, wie er gekommen war, nie würde sie ihm die Geschichte glauben. Aber noch schlimmer war, dass dieser Clown bei ihm zu Hause gewesen war. Und Luises Erzählung nach war es der aus dem Park, denn er war genauso gekleidet, ihrer Beschreibung nach. Und die Botschaft auf dem Luftballon, was hatte sie nur zu bedeuten? Wäre der Clown normal wie ein anderer Mensch im Park auf dem Weg zur Bank gekommen, hätte Ewald es als Spaß aufgefasst. Irgendein Verrückter, und solche Typen gab es heutzutage genug. Fasching war schon lange vorbei, es war Sommerzeit. Und wieso war dieser Verrückte bei Luise erschienen, warum hatte er ihn und seine Frau aufgesucht? Was sollte diese Botschaft: sei lustig oder stirb? Ewald hatte ein ungutes Gefühl wegen des Clowns. Der könnte jetzt hier in der Wohnung neben ihm auftauchen, aus dem Nichts, und könnte ihn töten. Die Polizei verständigen, ging es Ewald durch den Sinn. Aber die würde ihm ebenfalls nicht glauben, genau wie Luise. Die würde ihn für geisteskrank erklären.

Der Rest des Tages verlief zwischen den beiden ziemlich still, es wurden nur die wichtigsten Informationen ausgetauscht. Solche Ansagen wie: Essen ist fertig oder ich geh ins Bett. Auch in der Nacht kam Ewald nicht zur Ruhe, er konnte einfach nicht abschalten. Der Clown beschäftigte ihn, verfolgte ihn im Geiste. Erst weit nach Mitternacht schlief er endlich ein.

Am nächsten Morgen, die Wogen vom Vortag waren geglättet, wie immer. Ein neuer Tag, was gestern war, wen interessierte das noch. So ging es bei den beiden stets zu. Gab es Meinungsverschiedenheiten, zog sich jeder in seinen Schützengraben zurück und beobachtete den Gegner, und einen Tag später wurde wortlos ein Friedensvertrag geschlossen. Während Luise den Frühstückstisch deckte, ging Ewald nach unten zum Briefkasten, um die Zeitung zu holen. Aus ihr würde Ewald seiner Frau die neuesten und wichtigsten Informationen vorlesen. Nicht selten saßen sie dann schon mal eine ganze Stunde am Tisch.
Nachdem Ewald Luise fünf kurze Artikel aus der Zeitung vorgelesen hatte, schlug er die nächste Seite auf und eine große Überschrift fiel ihm ins Auge: *Mord im Stadtpark.*

Eine Schrecksekunde, gefühlt aber viel länger, und Sauerstoffmangel, während er zunächst leise und nur für sich las, dass ein Clown gestern am späten Nachmittag im Stadtpark einen älteren Mann erschossen hatte. Ein betagtes Ehepaar war im Park spazieren gegangen und Zeuge dieser schrecklichen Tat geworden.

Die beiden bogen gerade um eine Hecke, berichteten sie, da hörten sie den Schuss und sahen einen Clown mit einer Pistole in der Hand. Der war aber so schnell verschwunden, das Paar konnte es gar nicht begreifen, in der Zeit eines Atemzuges war der Clown wie vom Erdboden verschluckt. So schnell kann man doch gar nicht wegrennen, hatten die beiden bei der Polizei angegeben. Und gekleidet war der Clown wie am Vormittag bei Ewald.

Luise spürte offenbar, dass ihr Mann auf einen interessanten Artikel gestoßen war. »Hast du vergessen, laut vorzulesen, Ewald?«

»Lies selbst.« Er reichte ihr die Zeitung.

Seine Gedanken überschlugen sich, das hätte ihm passieren können. Was geschah hier nur? Und von wegen im Erdboden versunken, der hatte sich in Luft aufgelöst wie gestern bei ihm. Hoffentlich sah er diesen Clown niemals wieder. In der nächsten Zeit würde er den Park meiden, das schwor er sich.

Nachdem Luise den Artikel gelesen hatte, legte sie die Zeitung beiseite, griff über den Tisch und nahm die Hand ihres Mannes, drückte sie. »Das hätte dir ja auch passieren können, mein Gott, was geht hier vor? Ich glaube dir jetzt, Ewald. Hier passiert etwas Unbegreifliches. Ich habe Angst. Wenn der wiederkommt!«

Daran hatte er auch gedacht. Was nützte es, den Park zu meiden, wenn dieser Clown plötzlich in der Küche neben ihrem Tisch stünde und beide erschießen würde? Was tun? Polizei? Aber die konnte ihnen sicher nicht helfen. Keiner konnte helfen.

Der Clown bestimmte das Spiel. *Sei lustig oder stirb.* Wie könnten sie jetzt lustig sein, wenn vom Sterben die Rede war. Verflucht, das gab es doch gar nicht!

»Wir sollten uns nicht verrückt machen lassen, lass uns weiterleben wie bisher. Vielleicht sehen wir den Clown nie wieder«, schlug Luise vor.

»Dein Wunsch in Gottes Ohr«, gab Ewald zur Antwort. Leicht gesagt, dachte er, doch in unseren Gedanken verfolgt uns dieser Clown. Luise hatte natürlich recht, denn sich den ganzen Tag lang wegen der Kreatur zu sorgen, brachte ja auch nichts. Denken wir einfach positiv, sprach er sich selbst Mut zu.

Vielleicht war dieser Mord gestern ein einmaliges Geschehen und der Clown weitergezogen, in eine andere Stadt. Warum sollte er hierbleiben? Wo war er denn bisher gewesen? Der war bestimmt schon über alle Berge.

Leider funktionierten all diese geistigen Aufmunterungen nicht lange, denn die Angst war stärker, drängelte sich in den Vordergrund. Was wollte der Clown gestern von ihm? War das Zufall? Bestimmt nicht, grübelte Ewald weiter. Die Begegnung im Stadtpark war beabsichtigt, ebenso wie der Besuch bei Luise. Der Clown wusste, mit wem Ewald verheiratet war und wo er wohnte. Das alles war volle Absicht. Der hatte das alles geplant. Und wenn er es geplant hatte, dann gab es auch einen Plan, was ihn und Luise betraf. Demzufolge war der Clown noch in der Stadt. Es war noch nicht vorbei. Davon war Ewald hundertprozentig überzeugt.

Doch diese Erkenntnis behielt er für sich, Luise sollte von seinen Gedanken, seiner Überzeugung nichts erfahren. Ewald kam sich allerdings hilflos vor, er brauchte unbedingt jemanden zum Reden. Und so beschloss er, zur Polizei zu gehen, dort musste ihn einer anhören.

Die Zeugen von gestern würden ihm bestimmt zustimmen, dass der Clown sich in Luft aufgelöst hatte. In der Zeitung wollte man das sicher nicht zugeben. Ihm fiel ein alter Spruch ein: Was nicht sein kann, das darf auch nicht sein, auch wenn es die Wahrheit ist.

Er stand auf. »Ich geh in die Stadt, habe gestern vergessen, Zigarren zu kaufen.«

Luise wollte Fenster putzen und gab Ewald den Auftrag, frisches Brot zu kaufen.

Und so machte er sich auf den Weg. Zunächst zur Polizei, auf dem Rückweg dann zum Bäcker gleich bei ihnen um die Ecke.

Ewald lief durch die Fußgängerzone, bog dann rechts auf die Hauptstraße ab, geradewegs zur Polizei. Und urplötzlich schritt jemand neben ihm auf gleicher Höhe.

Der Clown.

Abrupt blieb Ewald stehen, starr vor Entsetzen. Drei oder vier Leute gingen an ihm vorüber, schauten amüsiert zu dem Clown und liefen weiter. Hatten die denn keine Zeitung gelesen?

Er befreite sich aus der Erstarrung, rief den Leuten hinterher: »Hallo, Sie, das ist der Clown aus dem Stadtpark! Der den Mann gestern getötet hat.«

Aber keiner drehte sich um. Die ließen ihn mit dem Clown allein. Dann sprach der Clown wieder diese Worte von lustig sein und sterben, blies in seine Tröte und war wieder verschwunden, so schnell, wie er gekommen war, aufgelöst in Luft.

Wenn Ewald das jetzt der Polizei erzählen würde, die würden ihm kein Wort glauben. Die Leute, die eben an ihm vorübergegangen waren, die könnten es bezeugen. Die müssten doch gesehen haben, dass der Clown aus dem Nichts auf einmal neben ihm gestanden hatte. Aber nein, sie hatten den Clown erst zur Kenntnis genommen, als sie auf seiner Höhe waren. Die lächelten den Clown an und gingen ihres Weges. Die dachten bestimmt, ein Verrückter, der ein wenig Spaß haben wollte. Oder eine Werbekampagne. So wäre es. Keiner der Passanten würde ihm beistehen oder glauben.

Ewald gab sein Vorhaben auf, zur Polizei zu gehen. Das wäre reine Zeitverschwendung. Kein Mensch würde ihm das abnehmen. Nur seine Luise, aber die auch erst seit heute. Hoffnungslos machte sich Ewald auf den Heimweg.

Er war so in Gedanken versunken, dass er sogar vergaß, Brot zu kaufen. Als er den Schlüssel in seine Wohnungstür stecken wollte, kam Hildegard aus dem zweiten Stock die Treppe herunter, ein Liedchen pfeifend. Sonst war sie eigentlich der ruhige Typ, so kannte Ewald sie gar nicht. Hildegard war auch über siebzig und seit vier Jahren verwitwet. So vergnügt hatte er sie noch nie erlebt, geschweige denn jemals lachen gehört.

»Nanu, Hilde, so guter Laune heute?«

Hilde blieb bei ihm stehen und strahlte. »Stell dir vor, Ewald, da klingelte es doch an meiner Tür, ich ging hin und öffnete, und bekam einen Schreck, ich bin in Ohnmacht gefallen. Als ich munter wurde, lag ich auf meiner Couch und auf einem Stuhl vor mir saß ein Clown. Ich wollte schreien. Aber er hielt mir sofort mit einer Hand den Mund zu und sagte, er wäre nicht der mordlüsterne Clown aus dem Park, den die Polizei suchte. Er wäre ein anderer, ein lustiger Clown. Dann zog er eine Tröte aus der Hose, blies hinein, machte Albernheiten vor mir. Ich setzte mich auf, meine Angst war verflogen. Ich begann zu lachen. Am Ende tanzte der Clown mit mir. Na, das war lustig, ich trat laufend auf seine übergroßen Schuhe. Dann sagte er, es hätte ihn gefreut, eine so charmante und lustige Frau kennengelernt zu haben. Auf einmal hatte er einen Luftballon in der Hand. Wie er das angestellt hatte, weiß ich nicht. Einen roten Luftballon und darauf stand: Immer schön lustig bleiben. Dann verabschiedete er sich und ging.

Auf der Treppe warf er mir eine Kusshand zu. Also so ein netter Mann. Oder Clown, wie sagt man da eigentlich? So etwas erlebt man doch nicht alle Tage.« Und damit ließ sie Ewald stehen und setzte ihren Weg fort.

Er schaute ihr nach und schüttelte den Kopf. Er wusste nicht, was er davon halten sollte. Zwei verschiedene Clowns in der Stadt? Und kein Zirkus in Sicht? Sein Gehirn gab auf.

Ewald schloss die Tür auf, trat in die Wohnung. »Ich bin wieder da«, rief er durch den Flur, und in dem Moment fiel ihm ein, dass er Brot kaufen sollte. »Ach, verdammt, jetzt habe ich doch tatsächlich das Brot vergessen. Ich geh gleich noch mal los.« Er drehte sich um, wollte schon die Wohnungstür öffnen, dann hielt er inne. Wieso sagte Luise nichts? Etwas wie: Das sieht dir ähnlich oder wo du wieder deine Gedanken hast, irgend so eine Bemerkung hätte doch kommen müssen. Aber es blieb ruhig in der Wohnung, kein Laut war zu hören. Normal war das nicht. Ewald schaute in die Küche, keine Luise.

Er ging ins Wohnzimmer, die Fenster waren weit geöffnet. Die Klapptrittleiter war umgefallen und Luise lag neben dem Tisch reglos auf dem Boden. Sie musste mit der Leiter umgestürzt und vermutlich mit dem Kopf auf die Tischkante gefallen sein. Seine Frau lebte nicht mehr. Das sah er sofort. Es hätte ein Unfall sein können, aber das war es nicht. Es war Mord.

An der Fensteröffnung hing ein roter Ballon. Der

Clown hatte Luise getötet. Wollte, dass Ewald das wissen sollte. *Sie war nicht lustig,* stand auf dem Ballon geschrieben.

4. Wut

Markus Triemer hatte eine Wut im Bauch. Eine riesige Wut. Am liebsten hätte er alles kurz und klein geschlagen. Scheißjob.

Ich höre auf, ich kündige. Erst dieser mysteriöse Vorfall mit der Familie Niemüller. Dann, eine Woche später, erschießt ein Clown einen Mann im Park, allerdings fand man dort keinen Luftballon. Einen Tag später stürzte Luise Braun beim Fensterputzen von der Leiter, sie musste sofort tot gewesen sein. Ein Unfall halt, wenn da nicht dieser Luftballon gewesen wäre; sie war nicht lustig.

Als Ewald Erde auf den Sarg seiner Luise warf, flossen Tränen wie eine Sturmflut, angetrieben von Wut und Hass auf diesen Clown. Er stellte sich etwas abseits, nahm die Kondolenz der anwesenden Trauergemeinde entgegen. Als alle vorüber waren, ging er zurück zur offenen Grabstelle, sprach leise zu seiner Luise, nahm Abschied für immer. Dann sah er zu den Anwesenden und nicht weit davon entfernt, an der Friedhofsmauer, entdeckte er den Clown. Das Grab lag gegenüber der Mauer und der Ausgang befand sich nur knapp hundert Meter davon entfernt.

Nichts konnte Ewald mehr aufhalten. So schnell er laufen konnte, machte er sich auf den Weg zu dem Clown. Er hatte keine Angst mehr vor diesem Geschöpf. Er wollte ihn töten, mit den bloßen Händen erwürgen, wenn es sein musste.

Der Clown stand gemütlich abwartend an der Mauer und zeigte ein lachendes Gesicht. Als Ewald kurz vor ihm war, rannte der Clown zum Ausgang, schaute um den Backsteinpfeiler zurück zu ihm. Ewald kochte vor Wut. Der Clown verließ den Pfeiler. Ewald kam am Ausgang an, sah den Clown an einem Baum gelehnt stehen und ihn dämlich angrinsen. Der Baum stand auf dem Bürgersteig, gleich neben der Straße.

Ewald dachte nicht mehr nach, er war von einer grenzenlosen Wut gesteuert und stürzte mit ausgestreckten Händen auf den Clown zu, wollte ihn erwürgen.

Der Clown machte einen Schritt von dem Baum weg, allerdings in die falsche Richtung. Er stand auf der Straße und ein Bus überfuhr ihn. Der Clown war auf der Stelle tot. Im ersten Moment war Ewald erschrocken, schockiert und dann spürte er nur noch Befriedigung. Er rief Triemer an.

Dass am anderen Tag in der Pathologie eine Leiche fehlte, wurde streng geheim gehalten. Der tote Clown war verschwunden. Könnte es sein, dass der Clown noch lebte? Keiner sprach es aus, aber die Vermutung lag nahe.

Und was die Ermittlungen betraf, alles waren nur Sackgassen.

Kurzzeitig hatte man Thomas Bradler im Visier. Er war allein am Unfallort von Frau Niemüller gewesen. Als der Hubschrauber abgestürzt war, befand sich Bradler als Rettungssanitäter an der Unglücksstelle. Er hätte die Luftballons leicht anbringen können. Dagegen sprach die Aussage Davids, der Clown wäre aus dem Nichts gekommen und ebenso schnell dort wieder verschwunden. Konnte man dem Jungen glauben?

Ja, konnte man. Denn ein weiterer Zeuge war ja dieser Ewald Braun. Er hatte auch das plötzliche Erscheinen des Clowns bestätigt, und ebenfalls dieses Verschwinden-in-Luft-aufgelöst.

Und jetzt dieses unbegreifliche Verschwinden aus der Pathologie. Wiederauferstehung? Was soll dieser ganze Unfug. Das kann es doch nicht geben. Aber Markus Triemer glaubte inzwischen alles. Nichts schien in dieser Welt, wie es sein sollte. Hier schien die Polizei machtlos zu sein. Der Clown würde sein mörderisches Spiel fortsetzen. Aber das könnte unzählige Tote geben, irgendwie muss doch dieser Clown zu stoppen sein. Falls er sich tatsächlich in Luft auflösen kann, dann ist das kein Mensch, sondern ein Geist. Oder irgendein mystisches Wesen. Irgendwas Unheimliches.

»Ich steige aus. Ich kann nicht mehr. Das wird mir alles zu viel, Volker. Glaub mir, ich drehe noch durch«, sagte Triemer im Büro.

Volker Baudisch klopfte seinen Freund und Kollegen auf die Schulter und versuchte, ihn zu beschwichtigen. »Du meinst das nicht ernsthaft, Markus. Schlafe eine Nacht drüber, oder nimm dir ein paar Tage frei.«

Triemers langjähriger Partner, Wolfgang Engelhardt, zehn Jahre jünger als er, redete auch auf ihn ein, er solle doch nicht seine Pension aufs Spiel setzen. »Mensch, Markus, jetzt arbeiten wir schon fünfzehn Jahre zusammen, wir waren doch immer ein gutes Team. Hör auf den Chef, überschlaf das alles, triff keine unüberlegten Entscheidungen. Wir stehen das hier gemeinsam durch.«

Markus nickte den beiden zu, dann verließ er das Büro.

5. Wie es begann

Zwei Jahre vorher, 2017.

Eine Kleinstadt in einem anderen Bundesland. Ein Sonntag im Mai. Vormittags. Leute saßen in der evangelischen Kirche und warteten auf den Pfarrer.

Der lässt sich an diesem Tag aber Zeit, denken die Leute. Er müsste schon längst erschienen sein, stand doch vorhin noch vor der Tür, hatte jeden Einzelnen begrüßt. Wo ist er denn hin?

Gerade wollte einer der Gläubigen aufstehen und nach draußen gehen, nachschauen, wo der Pfarrer geblieben war, da stand plötzlich, wie aus dem Nichts, ein Clown auf der Kanzel.

Und er sprach zu der Glaubensgemeinde: »Euer Pfarrer hat kein Recht, euch über das Leben zu erzählen. Er war nicht lustig und deshalb habe ich ihn auf den Weg zu seinem Gott geschickt. Ihr könnt jetzt wieder nach Hause gehen und merkt, was ich euch für einen Rat mitgebe: Seid lustig. Immer. Wer nicht lustig ist, hat es nicht verdient zu leben.« Kaum hatte er es ausgesprochen, löste er sich in Luft auf.

Die Leute erhoben sich von ihren Plätzen, einigen stand vor Schreck der Mund offen. Die meisten waren sprachlos. Und dann trieb sie die Panik nach draußen.

Am anderen Tag kamen drei Leute von dieser Glaubensgemeinde durch einen schrecklichen Verkehrsunfall zu Tode. Zwei Tage später gab es in einem Haus eine Gasexplosion. In den nächsten zwei Wochen ereigneten sich mehrere tödliche Unfälle. Zu viele auf einmal, aber Unfälle passieren immer wieder mal.

Doch da gab es jedes Mal diese Luftballons. Als Erstes sah man einen bei dem toten Pfarrer, der von einem Ziegelstein erschlagen worden war. In der Hand hielt er einen Luftballon mit der Aufschrift: *Er war nicht lustig.*

Siebenunddreißig Leute aus dieser Pfarrgemeinde hatten ihr Leben verloren, weil sie nicht lustig waren.

Obwohl es anscheinend Unfälle waren, musste sich die Polizei mit den Luftballons beschäftigen. Auch lagen Aussagen von einigen Kirchenbesuchern vor, die den Clown auf der Kanzel erlebt hatten. Ein Clown, der aus dem Nichts aufgetaucht und ebenso wieder verschwunden war. Unglaubwürdig. Aber den Aussagen nach wiederum glaubwürdig. Und nachdem diese Zeugen ein paar Tage später auch Besitzer solch eines Luftballons waren, zweifelte keiner mehr an dem Clown.

Die Presse berichtete nur zögerlich über den Clown in der Kirche. Machte sich hier jemand einen mörderischen Spaß?

Die Polizei äußerte sich auch nicht weiter, da gab es keine strafrechtlichen Handlungen. Es gab schlichtweg nichts zu ermitteln. Auch wenn es in letzter Zeit auffällig viele Unfälle mit vielen Toten gegeben hatte, es blieben Unfälle. Merkwürdige, dennoch gab es nichts dran zu zweifeln. Die Luftballons waren ein Scherz irgendeines kranken Menschen.

Dass die Leiche des Clowns nach dem Autounfall verschwunden war, hielt man geheim. Auf Anfragen der Presse, wer denn nun der überfahrene Clown gewesen sei, musste man eingestehen, man wisse es nicht, der Mann hatte keine Papiere dabei.

Dass man seine Schminke nicht abwischen konnte, dass dieses Clownsgesicht sehr real war, konnte man der Öffentlichkeit nicht mitteilen. Das war keine Clownsmaske, das Gesicht schien wirklich echt zu sein. Auch wenn dies keiner verstehen konnte, war das die Realität. Es schien ein echter Clown zu sein, so irrsinnig dies auch klingen mochte.

6. Kriminalhauptkommissar Triemer

Markus Triemer, siebenundfünfzig Jahre alt, lag im Bett und fand keinen Schlaf.

Er ließ den Tag Revue passieren. Eigentlich galt er als cooler Typ, aber wie er sich heute in der Dienststelle hatte gehen lassen, da war nichts Cooles mehr an ihm. Seit dem Vorfall mit Blaufuß hatte sich seine Souveränität verabschiedet. Die Welt existierte nicht mehr so, wie er sie kannte. Seine Kollegen, die beim Auftreten von Blaufuß im Büro anwesend gewesen waren, schienen bessere Nerven als er zu haben. Oder sie waren bessere Schauspieler.

Und jetzt dieser Clown; wieder so etwas Mystisches. Dies gibt es nicht, nein, das ist doch alles unmöglich. Und wenn er sich hundertmal einzureden versuchte, es wäre alles nur ein schlimmer Traum, es blieb alles eine Tatsache.

Schließlich waren seine Kollegen und, was den Clown betraf, etliche Zivilisten, Zeugen. Sie alle hatten dieses Auftreten aus dem Nichts bestätigt. Was ist nur los mit mir? Wo ist mein Kampfgeist geblieben? Wie stehe ich jetzt vor den Kollegen da? Die denken, Triemer ist fertig. Emotional erledigt. Das Team Markus und der Wolf ist am Ende.

Er war mit Leib und Seele Kriminalbeamter. Triemer ging in seiner Arbeit auf, das war sein Leben. Zwei Mal wurde er im Lauf der Jahre angeschossen, aber er nahm immer wieder den Kampf gegen das Verbrechen auf. Allerdings opferte er dafür seine Ehe. Seine Frau hatte damals gefordert, er solle seinen Polizeidienst quittieren oder aber sich zum Innendienst versetzen lassen. Das kam für Triemer nicht infrage.

Seine Frau wehklagte, sie hielte das nicht länger aus, zwei Mal bereits angeschossen. Das nächste Mal könnte sie auch eine Todesnachricht erhalten. Nein, das wäre kein Leben für sie. Und für ihn wäre es kein Leben, der Kriminalpolizei den Rücken zu kehren. Also folgte die Scheidung.

Wolfgang Engelhardt und Markus Triemer waren das perfekte Team. Wenn die Frage auftauchte, wer an dem Fall dran wäre, kam oft die Antwort: »Markus und der Wolf.«

Engelhardt nannte man einfach nur Wölfi, aber im Zusammenhang mit Markus war er der Wolf. Beide waren einen Meter achtzig groß, hatten eine schlanke Figur und schwarze Haare; bei Markus allerdings sah man an den Schläfen schon einige graue.

Wölfi war im Gegensatz zu Markus glücklich verheiratet und Vater zweier Töchter, die allerdings schon erwachsen waren. Die eine hatte sogar schon geheiratet.

Seine Frau fand seinen Beruf nicht so gefährlich wie damals Triemers Frau, denn, so sagte sie, gefährlich ist es überall. Du kannst unverschuldet in einen Verkehrsunfall verwickelt werden und dein Leben verlieren. Und nicht jeder Kripomann stirbt durch eine Kugel. Wenn das so wäre, hätte die Kriminalpolizei garantiert einen Arbeitskräftemangel. Keiner würde mehr zur Polizei gehen.

Wölfi war stolz auf seine Frau, sie hatte eine gesunde Einstellung. Emotional war sie sehr stark. Vielleicht hing das auch mit ihrem Beruf zusammen, Richterin am Jugendgericht.

Irgendwann spät in der Nacht schlief Markus zwar ein, war aber früh sieben Uhr schon wieder wach. Was tun den ganzen Tag, fragte er sich.

Er sollte sich ein paar Tage freinehmen, hatte Baudisch gesagt. Baudisch, sein Dienststellenleiter, den er nun auch schon dreißig Jahre kannte. Baudisch und er, sie waren mal ein gutes Ermittlerteam gewesen. Aber Baudisch wollte mehr, bildete sich weiter und wurde Triemers Vorgesetzter. Wichtig war, sie blieben Freunde. Und sie konnten Dienst und Privatleben trennen.

Nach dem Frühstück überlegte Markus, wie er den Tag verbringen sollte. Aber ihm fiel nichts ein.

Durch das Rumsitzen jagte ein Gedanke den anderen. Und es waren keine guten Gedanken. Die waren schädlich für seinen geistigen Zustand. Sie griffen sein Leben an, wollten ihn aus der Bahn werfen. Verflucht,

verflucht, schrie seine innere Stimme. Und dann kam der rettende Anruf von Engelhardt. Wie es ihm ginge?

»Beschissen. Zu Hause rumsitzen bringt auch nichts, im Gegenteil.«

»Wir haben einen neuen Fall, aber diesmal war es nicht der Clown. Kommst du?«

»Keine Frage, klar, bin schon unterwegs.« Und schlagartig wurde ihm bewusst, er musste das Leben nehmen, wie es war, musste die Welt akzeptieren, wie sie war. Aber einfach aufgeben, niemals. Er würde sich dem Kampf stellen. Okay, wenn es Geister gab, muss man sie doch irgendwie bekämpfen können! Auf in den Kampf. Du Arschloch von Clown, du wirst mich kennenlernen.

Gegen sechzehn Uhr betrat Triemer seine Stammkneipe, wollte sich zwei, drei Bierchen genehmigen, die hatte er sich heute redlich verdient.

Ich bin wieder der alte Markus, sagte er zu sich.

Nach fünf Glas Bier machte er sich auf den Heimweg. Er schloss seine Wohnungstür auf und blieb für einen Moment wie angewurzelt stehen.

Die Tür zum Wohnzimmer stand offen und der Fernsehapparat war eingeschaltet. Seine Dienstpistole nahm er immer mit nach Hause. Es bestanden zwar Sicherheitsmaßnahmen für den Transport; Waffe und Munition waren getrennt zu halten, aber wer kontrollierte das schon. Und warum erst in die Wohnung gehen, dort die Schusswaffe verschließen und dann erst die Kneipe aufsuchen. Da drückte Markus schon mal ein Auge zu, mit sich selbst war er nicht so streng. Und genau in diesem Moment war er froh, die Waffe bei sich zu haben. Leise schlich er durch den Flur, die Pistole in den Händen.

Dann der zweite Schreck.

In seinem Zimmer, vor dem Fernseher, saß der Clown. »Guten Abend, Herr Kommissar.«

Ganz automatisch, wie ferngesteuert, antwortete Triemer ebenfalls mit einem »Guten Abend. Wie sind Sie hier reingekommen?« Sofort bereute er die Frage, die Antwort kannte er doch schon; der Clown war ein Geist und kam aus dem Nichts. Der brauchte keine Tür. »Was wollen Sie von mir? Mich auch töten?«

»Setzen Sie sich doch. Das macht unsere Unterhaltung etwas lockerer. Und stecken Sie die Pistole weg, die nützt Ihnen überhaupt nichts.«

Das glaubte Triemer ihm. Einen Geist wird man nicht erschießen können.

»Nein, ich werde Sie nicht töten. Jede Regel hat ihre Ausnahme. Mit Ihnen habe ich ein Nachsehen. In Ihrem Beruf kann man selten lustig sein. Da habe ich volles Verständnis für Sie. Täglich mit diesem Abschaum, diesen abscheulichen Verbrechen konfrontiert zu werden. Ich kann verstehen, dass Ihnen nicht immer lustig zu Mute ist. Aber deswegen bin ich nicht hier.«

»Sondern?«

»Wegen des Mordes heute, Herr Kommissar, ich war das nicht.«

»Das wissen wir. Die Schrift auf dem Luftballon war nicht aufgedruckt, sondern mit Folienbuchstaben angebracht. Das ist nicht Ihre Handschrift.«

»Oh, ich gratuliere. Gute Arbeit.«

»Aber der alte Mann auf der Parkbank, das waren Sie?«

Der Clown bejahte.

»Warum haben Sie ihn erschossen und es nicht wie bei den anderen wie ein Unfall aussehen lassen? Und wieso haben Sie keinen Luftballon hinterlassen?«

»Weil es eine private Angelegenheit war.«

»Okay, lassen wir das. Die Luftballons, die aufgedruckte Schrift, wer druckt das?«

Der Clown setzte ein Lächeln auf. »Niemand. Wissen Sie, ich war im richtigen Leben nicht nur Clown, ich war auch ein Zauberer. Glaube Sie mir bitte, den Kampf gegen mich werden Sie nicht gewinnen.«

»Aber warum das alles, diese ganzen Toten? Ich verstehe es nicht. Vor allem verstehe ich nicht, dass Sie sogar vor Kindern nicht Halt machen. Warum musste der Junge sterben, warum?«

Der Clown antwortete in einem bitteren Tonfall: »Diese Kinder sind die schlimmsten, eine elendige Brut. Sitzen im Zirkus und lachen nicht, und die, die lachen, die lachen nicht wegen meines Blödsinns als Clown, nein, die lachen mich aus und schreien:

dummer Clown. Ich habe gelernt, zwischen dem Lachen zu unterscheiden. Die haben mich ausgelacht.«

Daraufhin Triemer: »Ich weiß, warum die Kinder nicht gelacht haben.«

»Ach«, erwiderte der Clown, »Sie sind wohl ein ganz Schlauer.«

»Doch, ich kann es Ihnen erklären. Vor ein paar Wochen erst sah ich mir eine Krimiserie im Fernsehen an, Inspector Barnaby, kennen Sie die Serie?«

Der Clown nickte.

»Der Inspektor leidet seit seiner Kindheit an Coulrophobie. Das ist eine Angst vor Clowns. Ursache dafür sind meist die Gesichtsbemalungen, die werden nicht menschlich wahrgenommen, denn sie verbergen die wahren Emotionen. Auch das unvorhersehbare Verhalten von Clowns bereitet Angst. Also begraben Sie Ihren Hass auf Kinder.«

Der Clown erhob sich aus dem Sessel und ging zur Tür. Dort drehte er sich nochmals zu Triemer um. »Mag sein, dass es so was gibt. Aber das ändert jetzt auch nichts mehr. Halten Sie sich aus meinen Angelegenheiten heraus, und ich mich aus Ihren. Ich muss jetzt gehen, ich habe noch eine Verabredung. Ach ja, der Tote im Park, den ich erschossen habe, das war mein Vater.« Damit löste sich der Clown vor Triemers Augen in Luft auf.

»Du verdammtes Arschloch, ich war noch nicht fertig mit dir!« Triemer schrie vor Wut, er wollte doch mit dem Clown … ja, was eigentlich? Verhandeln? Drohen?

»Ich war noch nicht fort, ich habe es gehört«, meldete sich plötzlich der Clown wieder. »Wenn Sie sich weiter so aufführen, wenn Sie weiter solche Worte mir gegenüber in den Mund nehmen, dann muss ich mir wohl überlegen, ob ich Sie nicht ebenso wie die anderen Unlustigen behandle. Sie wissen, was das bedeutet?« Der Clown wartete keine Antwort ab.

7. Der Schriftsteller

Daniel Wolf, einundvierzig Jahre alt, war seit neun Jahren an den Rollstuhl gefesselt. Grund war ein Verkehrsunfall, verursacht durch einen Truck, der an einer Kreuzung bei Rot den VW von Herrn Wolf erfasste und einige Meter vor sich herschob.

Leider waren Daniels Beine nicht mehr zu gebrauchen. Er hatte als Kfz-Mechatroniker gearbeitet, aber nach diesem tragischen Unfall zählte er zu dem Heer der Arbeitsunfähigen. Oder kurz gesagt, er war ein Invalide.

Drei Jahre zuvor hatte er Miriam geheiratet. Aber zwei Jahre nach dem Unfall verließ sie ihn und reichte die Scheidung ein. Daniel war nicht mehr der Mann, den sie mal geliebt hatte. Denn er lebte leicht depressiv in den Tag hinein und neigte dazu, Alkoholiker zu werden. Jeden Tag nervte er Miriam, sie solle ihm Alkohol mitbringen, wenn sie mal in den Supermarkt ging. Aber mehr als zwei Flaschen Bier bekam er nicht. Sie war vier Jahre jünger als er und die Ehe kinderlos. Damit wollten sie sich noch etwas Zeit lassen.

Nun war Daniel jedoch ein Nervenbündel geworden. Mal zeigte er den Tyrannen, dann wieder den ach so kranken Mann, den man doch bemitleiden musste.

Nein, das wäre kein Leben für Miriam. Sie hatte lange überlegt. Wie würde er es verkraften? Würde er es verstehen? Sie schob die Entscheidung immer wieder vor sich her. Aber eines Abends brach sie fast zusammen. Sie kam von der Arbeit, war schnell noch einkaufen und er schrie sie an, er habe Hunger und wolle sich endlich mal besaufen, sie solle gleich noch mal los und Alkohol heranschaffen.

Das reichte ihr jetzt und ohne Vorwarnung legte sie los. »Daniel, ich habe beschlossen, mich von dir zu trennen.« Sie schluchzte, während sie ihm das mitteilte, offensichtlich fiel es ihr schwer. »Ich muss gehen, sonst breche ich irgendwann psychisch zusammen. Ich habe mir eine intakte Familie vorgestellt, drei Kinder mindestens, ein eigenes Häuschen.« Wieder weinte sie, ehe sie weitersprach. »Mit einem Mann im Rollstuhl, der sich derart zum Negativen verändert hat, rumschreit, trinkt, in Depression verfällt, kann ich mir das leider nicht vorstellen.«

Miriam war pharmazeutisch-technische Assistentin und hatte den Wunsch, eines Tages Apothekerin zu werden. Dann hatte sie ihre Koffer gepackt und war gegangen.

Daniel Wolf war zutiefst erschüttert, seine Miriam hatte ihn verlassen. Mit einem Schlag begriff er, wie hilflos er war. Im Nachhinein musste er ihr aber recht geben. Er begriff, dass er sich wie ein Idiot benommen hatte. Wie ein Macho. Wie ein riesengroßes Arschloch. Ja, sie hatte recht, er trank seit dem Unfall. Sein Nachbar Jens, vierundvierzig Jahre alt und geschieden, brachte ihm oft ein paar Flaschen Bier aus dem Supermarkt mit. Logisch, dass Miriam irgendwann ein paar leere Bierflaschen gefunden hatte, denn Jens holte das Leergut nicht jeden Tag ab. Und Daniels Vater brachte auch immer etwas zum Trinken mit, wenn er zu Besuch kam.

Ja, es stimmte, er war auf dem Weg zum Alkoholiker. Er musste etwas unternehmen, ansonsten würde sein Leben eintönig verlaufen und er würde eines Tages, ja, was? Verblöden? Ausrasten? Oder was? Er konnte auch nicht allein hier in der Wohnung bleiben. Das Beste wäre wohl, er zöge wieder zu seinen Eltern. Platz war dort genügend vorhanden. Sie wohnten allein in dem Haus, das oberste Stockwerk stand leer. Dort oben befanden sich einst die Kinderzimmer; seines und das seiner Schwester Regine.

Und so geschah es auch. Allerdings zogen seine Eltern nach oben wegen Daniels Behinderung. Ein Treppenlift wäre zwar eine Option gewesen, aber dann bräuchten sie einen zweiten Rollstuhl, der ständig oben stationiert sein müsste. Es könnte dem Jungen immer mal etwas passieren, wenn sie tagsüber nicht zu Hause sind. Noch waren sie im arbeitsfähigen Alter. Beide waren Optiker mit eigenem Laden. Wenn sie mal aufhörten, würden sie ihn wohl verkaufen, denn auch die Tochter hatte, wie zuvor Daniel, kein Interesse am Beruf eines Optikers. Und sollten sie später mal körperliche Beschwerden bekommen, zum Beispiel beim Treppensteigen, dann würde für sie solch ein Treppenlift angebracht sein.

Daniel bekam also unten zwei Zimmer, eines zum Wohnen, eines als Schlafraum. Des Weiteren waren unten die Küche, ein Bad und eine Abstellkammer. Die Küche blieb natürlich das Revier der Hausherrin.

Anfangs wusste Daniel nichts mit sich anzufangen. Den ganzen Tag nur vor der Glotze, das befriedigte ihn nicht.

Seine Mutter merkte die Bedrücktheit ihres Sohnes. Glücklicherweise arbeitete sie nur vormittags im Geschäft, nur zum Monatsende blieb sie den ganzen Tag dort, um die Monatsabrechnung zu erstellen.

Sie war eine fanatische Kriminalromanleserin. »Du hast früher auch viel gelesen, Daniel, nimm doch wieder mal ein Buch in die Hand. Hier, ich habe einen neuen Krimi.«

Und das war der Start für einen Neuanfang in seinem Leben. Er las den Krimi, obwohl er schlecht geschrieben war.

Ich hätte das aber ganz anders geschrieben, ging es ihm durch den Kopf. Er gönnte sich eine kurze Denkpause; und dann beschloss er, seine Idee umzusetzen, er hatte ja Zeit. Das Buch stammte von einem amerikanischen Schriftsteller, er soll sogar berühmt sein. Aber das hatte ja nichts zu sagen. Die Verlage wollen Geld verdienen, überlegte er, und der Leser weiß nicht immer im Voraus, wie das Buch sich lesen wird.

Daniel setzte sich also an den Computer und schrieb an den Verlag. Er äußerte sich zunächst über den Roman, da fehlte jede Spannung. Lag es nun am Schriftsteller oder an dem Übersetzer, fragte er. Und weiter schrieb er: *Ich habe mal ein Kapitel umgeschrieben, mit meinen Worten, und ich will mich nicht selbst rühmen, aber meine Eltern finden meine Version viel, viel besser. Danach einige förmliche Worte und danke für die Aufmerksamkeit und blablabla.*

Ob er je eine Antwort bekäme? Daran glaubte er nicht so recht. Die werden denken, was ist das für ein Arschloch. Aber egal, das Umschreiben dieses Kapitels hatte ihm riesigen Spaß gemacht. Und er hatte Zeit. Viel Zeit.

Er lieh sich ein weiteres Buch von seiner Mutter, natürlich wieder einen Krimi, und der war saugut geschrieben, da gab es nichts zu meckern.

Dann die Überraschung, nach nur drei Wochen bekam er eine Mail von dem Verlag. Es war ein großer Verlag. Na, was werden die wohl geschrieben haben, waren so seine Gedanken. Aber er wurde freudig überrascht. Ja, schrieben sie, es war nicht das Beste, was der amerikanische Autor da von sich gegeben hatte, und sie waren hier in der Redaktion alle erstaunt gewesen, wie hervorragend er dieses Kapitel umgeschrieben hat. Er scheint ein Talent zum Schreiben zu haben. Ob er schon ein Buch oder mehrere geschrieben hätte, irgendwo schon veröffentlicht? Sie wäre sehr an ihm interessiert.

Wäre Daniel nicht an den Rollstuhl gebunden, er hätte vor lauter Glück Freudensprünge vollzogen. Immerhin tat er es gedanklich, das hatte die gleiche emotionale Wirkung. Positive Energie jagte durch seinen Körper. Er befand sich in einem regelrechten Glückstaumel. Daniel konnte es kaum erwarten, seinen Eltern die Mail zu zeigen.

Er schrieb gleich eine Antwort an den Verlag. Nein, er habe noch nie ein Buch geschrieben, aber freue sich sehr über das Kompliment von ihnen.

Er musste keine zehn Minuten warten, da bekam er eine Antwort, obwohl er damit nicht gerechnet hatte. Eigentlich war für ihn der Schriftverkehr beendet. Er hatte dem Verlag nur seine Meinung über das Buch schreiben wollen, mehr nicht, und sich für die Antwortmail bedankt. Das war's.

Aber nicht für den Verlag. Sie glaubten, so schrieben sie, er hätte großes Talent, um ein berühmter Schriftsteller zu werden. Sie würden sich freuen, wenn er es mal versuchen würde.

Na, was war denn das jetzt für ein Angebot, ging es Daniel durch den Kopf. Er hatte bisher keinen Gedanken darauf verwendet, selbst einen Krimi zu schreiben. Er hatte doch nur den Drang gehabt, seine Meinung über den langweiligen Krimi aus Amerika mitzuteilen.

Und dass er ein Kapitel umgeschrieben hatte, das war aus einer Laune heraus gewesen. Und er wollte damit den Verlag ein wenig ärgern, das gab er zu. Aber dass die ihm jetzt vorschlugen, ein Buch zu schreiben, nein, damit hatte er nicht gerechnet. Überhaupt nicht. Nie und nimmer. Niemals.

Seine Eltern waren begeistert.

»Versuch es«, meinte Daniels Mutter.

»Aber worüber? Ich habe keine Idee.«

»Dir wird schon was einfallen«, sagte sie. »Schlaf eine Nacht drüber, vielleicht wachst du morgen früh auf und hast eine Idee.«

Aber er wachte ohne eine Idee auf. Auch am nächsten Tag war sein Kopf wie leer. Er hatte zwei Tage intensiv nachgedacht. Dann beschloss er, nicht mehr daran zu denken. Vielleicht kam irgendwann spontan eine Idee, wenn er nicht mehr daran dachte. Den Kopf einfach nicht strapazieren.

Und so kam es auch. Drei Tage später, er saß in seinem Rollstuhl, schaute aus dem Fenster auf die Straße. Er stierte nur nach draußen, gar nicht bewusst, was er eigentlich sah. Und dann hatte er es. Sein Gehirn meldete sich mit einer Geschichte. Er musste sie nur noch ausbauen. Und das traute er sich zu. Natürlich konnte er das. Kein Problem. Er hatte es doch dem Verlag bereits bewiesen.

Sofort schaltete er den Computer an und begann fleißig zu schreiben.

Er schrieb und schrieb, vergaß dabei aufs Mittagessen. Eigentlich brauchte er es nur aufzuwärmen, das konnte er trotz Rollstuhl, aber an diesem Tag vergaß er alles um sich. Er hatte sich komplett in seine Geschichte begeben; er lebte in ihr, in einer anderen Welt. In einer Welt, die er erschaffen hatte, mit Leuten, die nach seiner Pfeife zu tanzen hatten. Er fühlte sich prächtig in seiner schriftstellerischen Schöpfung.

Seine Eltern freuten sich abends sehr, als sie heimkamen.

»Ich hab's geschafft, ich schreibe! Es wird ein spannender Krimi, ein knallharter Thriller wird das.«

Mehr als sein Vater freute sich seine Mutter, denn sie war die Leseratte im Haus, und sie war stolz auf ihren Sohn.

Mittlerweile, ein paar Jahre waren vergangen, hatte er sechs Bücher veröffentlicht, alles spannende Kriminalromane, alles Bestseller. Ab dem vierten Buch wurde das Ausland auf ihn aufmerksam, seine Bücher wurden in verschiedene Sprachen übersetzt. Daniel Wolf staunte nicht schlecht über seinen Erfolg und natürlich auch wegen der finanziellen Einnahmen.

Daniels Eltern hatten inzwischen das Geschäft verkauft, sie genossen ihren Ruhestand. Ihr Sohn war trotz seiner Behinderung ein glücklicher Mensch geworden, dank seines schriftstellerischen Könnens. Aber dann, Anfang 2019, trat eine Pechsträhne ein. Oder besser gesagt, eine Schreibblockade suchte ihn heim. Ihm fiel einfach nichts mehr ein. Keine Ideen mehr. Oft warf er den Computer an, setzte sich und wollte mit irgendeinem Satz beginnen, in der Hoffnung, beim Schreiben würde ihm etwas einfallen. Aber nicht mal einen Satz brachte er zustande. Nicht einen.

Daniel war am Verzweifeln. Auch der Verlag nervte ihn, sie wollten wissen, wann der nächste Roman fertig sein würde. Leckt mich am Arsch, dachte er, aber er schrieb wahrheitsgemäß, momentan eine Schreibblockade zu haben.

Eines Abends saß Daniel vor dem Computer, starrte ihn wie ein Irrer an und trank bereits die vierte Flasche Bier. Er hoffte immer noch auf ein Wunder, einen Blitzgedanken, irgendeinen. Auch wenn er noch so winzig war. Irgendeine kleine Idee, eine winzige … er würde sie ausbauen, das konnte er doch. Er brauchte nur eine Idee.

Plötzlich hörte er eine Stimme. Ruckartig drehte sich Daniel Richtung Tür.

Dort stand ein Clown. Wie war denn der hier hereingekommen?

Aber noch ehe Daniel etwas sagen konnte, sprach der Clown: »Sie sehen so traurig aus, das ist nicht gut, mein Freund.«

8. Der nächste Tag

Nachdem am gestrigen Abend Markus Triemer wieder allein war, rief er sofort Baudisch an. »Wie wir vermutet haben, der Clown lebt. Beziehungsweise er existiert als Geist, du weißt schon. Er macht sich unsichtbar und taucht wieder auf. Er war eben bei mir.«

Das Gleiche erzählte er dann seinem Partner Wolfgang. Er musste ihn einfach anrufen, diese Neuigkeit konnte er nicht bis zum nächsten Morgen für sich behalten. Der Clown würde garantiert wieder aktiv werden. Was konnten sie tun? Nicht viel, kam es Triemer in den Sinn. Und damit würde er wohl recht behalten.

Triemers Begegnung mit dem Clown war einziges Thema an diesem Morgen im Team von Volker Baudisch. Jeder machte sich seine Gedanken. Was wird als Nächstes auf sie zukommen? Wird es viele Tote geben? Kein Mensch kann jeden Tag lustig sein.

Einer der Kollegen schlug vor, man solle sich mal nach Geisterjägern umhören. Vielleicht gibt es die wirklich. Wenn es Geister gibt, warum auch nicht Jäger? »Man muss halt alles in Betracht ziehen«, meinte er voller Ernst. »Die haben Messgeräte und wollen paranormale Phänomene aufspüren.«

»Das ist totaler Unfug. Wir müssen nichts aufspüren, wir kennen unseren Geist, haben ihn gesehen. Zumindest ich. Und ich habe mit ihm gesprochen«, gab Triemer zurück.

Gegen neun Uhr dreißig erschien Baudisch in Triemers Büro. Engelhardt und noch ein Kriminalbeamter befanden sich ebenfalls im Raum.

Er berichtete ihnen Neues. In der Stadt gab es zwei große und vier kleinere Parkanlagen. In der größten, dem Stadtpark, hatte man zwölf Clowns gesichtet, alle mit Luftballons. Etliche Parkbesucher hatten sogleich die Polizei benachrichtigt. Auch wenn sich die Presse zuvor mit den Meldungen über den mörderischen Clown etwas zurückgehalten hatte, in Zeiten des Internets konnte man nicht alles geheim halten. Die Leute vom Stadtkurier wussten damals nicht so recht, ob alles so glaubwürdig war, was diese angeblichen Zeugen aussagten. Wer glaubte denn an Geister? Aber jetzt, konnte man es noch vertuschen? Natürlich hatte man die Clowns polizeilich vernommen. Es waren alles Obdachlose. Am Abend zuvor sei ein Clown zu ihnen gekommen, hatte jedem einhundert Euro geboten, für nur eine Stunde als Clown im Stadtpark auf einer Bank zu sitzen. Leichtverdientes Geld. Und es war doch keine Straftat. Da hatten die Obdachlosen recht.

»Der spielt mit uns«, meinte Volker Baudisch.

Triemer nickte. »Er amüsiert sich über mich. Der will mich ärgern. Ich solle mich aus seinen Angelegenheiten heraushalten und er wird mich in Ruhe lassen, so ungefähr hatte er sich gestern mir gegenüber geäußert.«

Alle waren sich einig, sie würden warten, was in nächster Zeit passierte, denn im Moment waren sie ratlos. Sie würden bestimmt keinen guten Zeiten entgegengehen, da waren sie sich einig.

»Der Clown wird uns beschäftigen, er wird uns den Verstand rauben«, sagte Triemer knurrig. »Zumindest wird er es versuchen.«

9. Win-Win

Als der Clown plötzlich in Daniels Zimmer stand, da wurde ihm schlagartig bewusst, es stimmte alles, was man sich über den Clown erzählt hatte. Er war real.

Alles stimmte, was man über das traurige Schicksal der Niemüllers gehört hatte. Damals wurde im Ort viel darüber erzählt. Daniel bekam alles Gerede mit, er war bei schönem Wetter oft mit dem Rollstuhl draußen, die Luft genießen und ein wenig durch die Ortschaft fahren, mit den Leuten reden. Er wohnte nur vierzehn Häuser von den Niemüllers entfernt. Traurig, was geschehen war. So recht hatte er es nicht geglaubt.

Aber jetzt, wo der Clown vor ihm stand, überschlugen sich seine Gedanken im Bruchteil einer Sekunde. »Sie gibt es ja wirklich! Was wollen Sie von mir?«

Der Clown setzte sich auf einen Stuhl und sagte: »Keine Angst, mein Freund, ich will Ihnen helfen. Und Sie tun mir damit einen Gefallen. Wie sagt man so schön, eine Win-Win-Situation. Ich weiß von Ihrer Schreibblockade und biete Ihnen an, meine Geschichte zu schreiben. Ich erzähle Ihnen mein Leben und Sie müssen nur die richtigen Worte finden. Das wird garantiert ein Bestseller. Bis wir mit dem Buch fertig sind, wird noch einiges passieren.«

Was sollte Daniel tun? Für einen kurzen Moment war er sehr erfreut, ja, das war es, die Geschichte des mörderischen Clowns. Das wird garantiert der Hit in seiner schriftstellerischen Laufbahn, dachte er, DER Bestseller. Endlich kann er wieder schreiben. Ja, das wird fantastisch.

Dann kamen die Bedenken. Der Clown war ein Mörder. Aber was sollte er machen? Schrieb er nicht, was würde der Clown mit ihm tun? Ihn auch töten? Möglich wäre es. Aber sagte man nicht überall, er wäre ein Geist? Und wenn nicht er das Buch über den Clown schrieb, dann täte es garantiert ein anderer. Ja, er wollte es machen. Er würde das Buch schreiben. Gern schreiben, ja, denn es würde ja sein ›Baby‹ sein.

Der Clown würde nur erzählen, er, Daniel, war aber der künstlerische Schöpfer. Ein neuer Thriller aus der Hand von Daniel Wolf.

Ja, packen wir es an, wollte er schon sagen, sogleich kam wieder dieses Aber. »Warum töten Sie die Leute, das ist nicht schön, finde ich. Geht es Ihnen wirklich nur um das Lustigsein? Kein Mensch kann den ganzen Tag lustig sein.«

Der Clown erhob sich von seinem Stuhl. »Schreiben Sie das Buch oder nicht?«

Daniel bejahte.

»Gut. Die Antwort auf Ihre Frage dann später. Für heute war es das, ich habe noch etwas zu erledigen. Ich komme morgen wieder, wann passt es Ihnen?«

Daniel gab zu verstehen, die beste Zeit wäre am Abend, ab zwanzig Uhr. Da saßen seine Eltern oben vorm Fernsehapparat. Abends kamen sie ihn nicht mehr besuchen.

Und so geschah es, am anderen Abend pünktlich zwanzig Uhr saß der Clown in seinem Zimmer. Plötzlich war er da. Ohne anzuklopfen, ohne die Tür geöffnet zu haben. Daniel hatte es genau gesehen, wie der Clown aus dem Nichts Gestalt angenommen hatte.

»Wie wollen wir es machen? Ich erzähle und Sie nehmen alles auf und schreiben später?«

Daniel meinte, so wäre es perfekt. Er konnte dann morgen tagsüber das Gehörte schriftstellerisch bearbeiten. »Eine Frage habe ich noch, ehe wir anfangen. Eigentlich sind Sie doch tot, oder? Sie leben als Geist weiter? Ich kann mir nicht vorstellen, dass alle Tote Geister werden.«

Der Clown lächelte, dann sagte er: »Ich denke mal, dass ich tot bin, ja. Bin ich jetzt ein Geist? Kann sein, aber sicher bin ich mir nicht, denn ich war noch nie tot. Mir sind auch keine anderen Geister bisher begegnet. Gibt es überhaupt Geister? Was meinen Sie?«

»Sie sind ja das beste Beispiel. Darf ich mal anfassen?«

Der Clown ließ es zu und Daniel stellte fest, dass sich der Körper des Geistes wie bei einem lebendigen Menschen anfühlte. Er hatte ihn am Arm angefasst. Und trotzdem konnte er sich in Luft auflösen. Mein Gott, dachte Daniel, was ist das für eine Welt! Wenn ich mal sterbe, was wird dann aus mir?

»Fangen wir an?«, unterbrach der Clown seine Gedanken.

»Ja, natürlich.« Daniel drehte sich zu seinem Computer um und betätigte mit der Maustaste die Tonaufnahme.

»Den Anfang habe ich mir so vorgestellt: Auf der ersten Seite zwei Sätze als Aufmacher. Seit ich tot bin, bin ich ein anderer Mensch. Jetzt kann ich Gott spielen, und ich genieße es.«

»Ja, das klingt gut, super. Das macht neugierig.«

10. Steffen Neumann

Das Leben des Clowns war gezeichnet gewesen von Unlust und Unzufriedenheit.

Seine Eltern besaßen einen mittelgroßen Zirkus. Bis zu seinem zehnten Geburtstag lebte Steffen hier in der Stadt bei seinen Großeltern. Sie besaßen ein großes Haus, auch seine Eltern wohnten hier außer in der Saisonzeit, denn da waren sie ja ständig mit dem Zirkus unterwegs. Als Steffen zehn Jahre alt war, hieß es Schluss mit Lustigsein, es begann der Ernst des Lebens. Die schöne Zeit bei Oma und Opa war vorbei.

Zirkus Neumann war sein neues Zuhause, zumindest in der Saison. Im Sommer, wenn Kinder gern draußen herumtoben, wenn sie mit anderen Kindern spielten, musste Steffen auf all das Kindliche verzichten. Sein Vater wollte aus ihm einen Zirkusartisten machen. Er selbst führte als Direktor eine Nummer mit dressierten Pudeln vor. Steffens Mutter glänzte mit Akrobatik auf einem Pferd. Dann gab es noch Tante Ulla, die Schwester von Steffens Vater. Sie war für den Zirkus untalentiert, deswegen saß sie an der Kasse.

Steffen sollte sich an den ersten Tagen im Zirkus nur die Vorstellungen ansehen, um herauszufinden, was für ein Artist er werden möchte. Was ihm Spaß bereiten könnte. Steffen wusste es von Anfang an, NICHTS würde ihm hier im Zirkus Spaß machen. Nichts, rein gar nichts. Aber das konnte er seinen Vater nicht sagen. Der würde ihm ein paar Ohrfeigen geben. Oder ihn sogar richtig verhauen. Er war ein strenger Vater, der Hans-Georg Neumann.

Die beste Zeit bisher war für Steffen, wenn seine Eltern mit dem Zirkus unterwegs waren. Oma und Opa waren so liebe Leute. Warum war sein Vater nur so ein Stinkstiefel? Dessen Eltern waren überhaupt nicht so.

Die Eltern von Steffens Mutter wohnten weiter fort, die hatte Steffen noch nicht so oft gesehen. Einmal hatte er einen Streit seiner Eltern belauschen können, und seitdem wusste er, sein Vater konnte die Eltern seiner Mutter nicht leiden.

Und Steffen konnte seinen Vater und diesen blöden Zirkus nicht leiden. Er durfte nicht mehr in die Schule gehen, konnte nicht mehr mit seinen Freunden spielen. Zum Schulunterricht immer an einem anderen Ort, eine andere Schule, andere Kinder. Immer nur für ein oder zwei Wochen. Nein, das machte keinen Spaß. Zirkusartist, was für ein Scheißjob.

Aber der Vater ließ nicht locker. »Wenn du dich für nichts entscheiden kannst, dann bestimme eben ich.«

Und so begann Steffen zunächst das Reiten zu erlernen. Gut, das machte noch Spaß, auch weil es ihm seine Mutter beibrachte. NUR reiten war okay. Aber dann sollte er Akrobatik erlernen. Er meisterte es mehr schlecht als recht. Artistik auf einem großen Medizinball. Auch nichts. Dann der Versuch mit Vaters Pudeln. Die Hunde gehorchten ihm nicht.

»Blödsinn!«, schrie ihn der Vater an, »du bist zu blöd, Befehle zu geben.«

Es folgte, Assistent beim Zauberer zu sein, das ging, war ja nicht schwer. War die Zauberei etwas für Steffen? Ja, gefiel ihm, aber er wollte nicht als Zauberer auftreten. Er wollte überhaupt nicht im Zirkus auftreten.

Mit sechzehn Jahren hatte Steffen endlich den Mut, seinem Vater die Wahrheit zu sagen: »Ich scheiß auf den Zirkus. Und ich will ihn später auch nicht übernehmen. Ich will einen richtigen Beruf erlernen. Am liebsten würde ich Fernfahrer werden. Einen Truck fahren, internationale Routen, die Welt kennenlernen.«

Zur Antwort gab es eine schallende Ohrfeige.

Steffen hielt es noch zwei Jahre im Zirkus aus, als Clown mit einem anderen. Dann, mit achtzehn haute er ab. Spontan und ohne Plan. Geld hatte er nicht. Im Zirkus bräuchte er kein Geld, sagte der Vater immer. Essen und Trinken bekäme er, was bräuchte er mehr.

Die Nacht verbrachte er auf einer Bank. Auch wenn es Sommer war, angenehm war anders. Dann Aufwachen und nichts zum Essen. Ein schönes Frühstück wäre nicht schlecht. Aber er hatte kein Geld.

Ja, es war blöd, einfach abzuhauen. Saublöd. Also gut, Alter, du hast gewonnen.

Ich komme zurück. Es soll halt nicht sein, mein Leben ist vorbestimmt.

Zwei Jahre später überlegte er wieder, vielleicht wäre es doch besser, einfach zu verschwinden. Lebe ich halt als Obdachloser. Vielleicht finde ich Freunde, die einem helfen?

Ach, Steffen, hör auf mit dem Träumen, wer soll dir denn helfen? Stimmt.

Hier hatte er wenigsten einen eigenen Wohnwagen, der einzige Luxus in seinem Leben. Hier konnte er seinen Träumen nachhängen und kein anderer konnte ihm auf den Sack gehen. Okay, es war zu ertragen, das Schicksal hat es so gewollt.

Vier Jahre probierte er es als Zauberer, aber er war nicht perfekt. Danach bis zu seinem Tod spielte er den Clown. Mal mit einem anderen, später nur noch solo.

Mit der Zeit machte aber das Leben keinen Spaß mehr. Steffen war jetzt vierzig Jahre alt. Vor zwei Jahren war seine Mutter gestorben, sie hatte Krebs.

Dann erfuhr er von seinem Vater, der Zirkus rentiere sich nicht mehr, er müsse wohl verkaufen.

Na prima, dachte Steffen, und was mach ich dann? Hilfsarbeiter? Denn, wer soll diesen Zirkus kaufen?

Wenn ja, dann könnte er vielleicht weiterhin als Clown hier seine Brötchen verdienen, aber, er wusste es selbst, er war kein guter Clown. Ein neuer Direktor würde ihn garantiert feuern.

Die Frage blieb, wer sollte in solchen Zeiten wie heute einen insolventen Zirkus kaufen? Steffen machte sich viele Gedanken über seine Zukunft.

Und dann hatte er einen Plan. Was sollte er noch auf dieser Welt. Bisher hatte er nichts zu lachen gehabt. Nicht mal eine Frau hatte er. Dort und da mal eine schnelle Nummer, ja, das war alles. Liebe hatte er nie erfahren. Nicht von seinen Eltern, nicht von jemand anderem. Er hatte hier nichts mehr verloren.

Und so schmiedete er den Plan seines Abtritts. Es würde sein größter Auftritt im Zirkus sein. Und es würde gleichzeitig die größte Demütigung gegenüber seinem Vater werden.

11. Krisengespräch

Baudisch kam zurück vom Oberbürgermeister. Es hatte ein Krisengespräch gegeben. Alles war aufgeflogen. Jemand hatte geplaudert, dass die Leiche des Clowns verschwunden war, dass er »lebt und weiterhin sein Unwesen treibt.« Die vielen Clowns im Park, die Polizei, alles warf in der Bevölkerung Fragen auf. Der Stadtkurier berichtete und im Internet entdeckte man Beiträge über einen Clown, der bereits vor zwei Jahren viele Menschen sterben ließ. Nicht in dieser Stadt, aber nicht allzu weit von hier entfernt. Was wollte die Polizei unternehmen, so die Frage vom Stadtkurier, aber auch vom Oberbürgermeister.

»Dieser Krüger ging mir gewaltig auf den Senkel, das kann ich euch sagen«, so Baudisch zu seinen Kollegen. »Ich sagte ihm, die Polizei ist nicht für Geister zuständig. Und wenn doch, dann frage ich ernsthaft, wie bekämpft man Geister? Daraufhin glotzte der mich an wie, wie, ich weiß nicht, wie ein Trottel. Dann war Ruhe im Raum, bis sich die bekloppte Pressesprecherin meldete. Wir müssen die Bevölkerung beruhigen, es ist ja bis jetzt nichts geschehen und weiter blablabla.«

Triemer meinte: »Du hast recht, Volker, das ist nicht unser Zuständigkeitsbereich. Aber sollte es wieder

Tote geben, die auf das Konto vom Clown gehen, können wir es nicht ignorieren. Nur bin mir vollkommen im Unklaren, was wir tun können. Keine Ahnung.«

Alle nickten und stimmten Triemer zu.

Dann hatte Engelhardt eine Idee: »Wir müssen den Clown nochmals töten. Er lag doch schon tot in der Pathologie. Er lag eine Zeit lang reglos dort, wie tot, stimmt's? Ich stelle mir vor, wir erschießen ihn. Natürlich wird es nicht so einfach sein, aber ich denke, er wird dich, Markus, bestimmt wieder mal aufsuchen. Knall ihn einfach ab. Und dann legen wir ihm Handschellen an und fixieren ihn an irgendetwas Festem, von wo er nicht abhauen kann. Vielleicht angekettet an die Mauer in einem Verlies. Oder noch besser, ein Sarg aus Stahl, mit Handschellen an den gefesselt und tief in die Erde versenkt.«

Die Idee fanden alle echt gut. Von der Logik her müsste es machbar sein.

Was sie aber alle nicht wussten, es befand sich ein unsichtbarer Zuhörer im Raum. Und der war nicht erfreut über das Gehörte.

12. Daniel hat Mitleid

Stolz las Daniel dem Clown sein bisher Geschriebenes vor.

Der war sehr zufrieden, wie er das Erzählte in schriftliche Form gepackt hatte. Es hörte sich gut an.

Daniel bekundete Steffen sein Mitleid. »Erst beim Scheiben ist mir so recht bewusst geworden, was für ein Leben Sie gehabt haben. Das Schicksal hat es nicht gut mit Ihnen gemeint. Wenn ich mein eigenes betrachte, nun, Sie sehen ja. Aber ich habe wunderbare Eltern und eine liebevolle Schwester.«

»Und obendrein sind Sie ein erfolgreicher Schriftsteller«, sagte der Clown.

»Ja, aber was Sie betrifft, mein Gott, ich kann es mir gar nicht so recht vorstellen«, gab Daniel zur Antwort.

»Doch, können Sie. Sie haben es doch wundervoll beschrieben. Besser kann man es nicht wiedergeben.« Dann wollte der Clown noch wissen, warum er im Rollstuhl sitzen muss. Was war geschehen? Und Daniel erzählte von seinem Unfall.

»Und der Truckfahrer?«, fragte der Clown.

»Der Mann war sechzig Jahre alt und erlitt während des Fahrens einen Herzinfarkt, genau vor der Kreuzung. Ich hatte einfach nur Pech. Aber erzählen Sie weiter, Steffen. Wie muss ich mir das vorstellen, Sie fallen mit dem Seil um den Hals vom Trapez in die Tiefe und sind tot. Oder waren Sie bei Bewusstsein, ich meine, waren Sie zunächst tot und sind dann als Geist erwacht oder, ich weiß nicht, wie soll ich sagen …«

»Ja, ich weiß, was Sie wissen wollen«, fiel Steffen Neumann ihm ins Wort. »Ich war zumindest ohne Bewusstsein. Aber nicht lange. Nachdem man mich aus dem Zirkus getragen hatte, setzte mein Gehirn wieder ein. Und mir war mit einem Schlag bewusst, ich besaß plötzlich ungeahnte Kräfte. Ich lebte weiter als Geist. Und ich wusste von den Kräften, und was ich alles bewältigen konnte. Aber ich musste zunächst einen passenden Zeitpunkt abwarten, um mein neues Leben zu beginnen. Ich konnte nicht einfach aufwachen und davongehen. Das wäre aufgefallen und die Leute hätten verrückt gespielt. Also wartete ich auf meine Beerdigung. Als dann der Sarg geschlossen war, war es mir ein Leichtes, ihn als unsichtbaren Geist zu verlassen. Ich habe dann meiner eigenen Beerdigung zugeschaut. Und wissen Sie, ich habe mich neben meinen Vater gestellt und bei ihm nicht eine Träne sehen können. Am liebsten hätte ich ihn zusammengeschlagen. Aber das konnte und durfte ich nicht.«

»Das ist sehr traurig, mehr kann ich im Moment nicht dazu sagen. Und wie ging es dann weiter?«

»Wie gesagt, ich hatte kein schönes Leben. Warum ich nicht ganz tot bin, ich habe keine Ahnung, wie lange dieser Zustand dauert oder ob er jemals aufhören wird, aber ich werde ihn genießen und will meine Freude haben. Wie gesagt, ich wusste von meinen Kräften und ich probierte sie gleich aus.« Und nun erzählte der Clown von seinen ersten Toten, damals, vor zwei Jahren, in der Kirche. Aber die Zahl der Toten war zu groß, letztendlich geriet er an die Grenzen seiner Kräfte. Er hatte sich übernommen und musste pausieren. Knapp zwei Jahre versagten seine übersinnlichen Kräfte. Aber er spürte sie wieder wachsen und wollte es erneut wissen.

Der Unfall auf der Autobahn und der anschließende Hubschrauberabsturz auf das Haus der Niemüllers kostete ihn viel Kraft. Aber es hatte alles funktioniert und er war riesig stolz auf sich. Jetzt musste er etwas warten, um wieder etwas Größeres veranstalten zu können. Kleinigkeiten konnte er selbst erledigen, ohne fremde Kräfte. Sein Körper besaß genug Energie.

»Aber warum töten Sie, warum, das versteh ich nicht. Töten ist eine schlimme Sache«, ließ sich Daniel hören.

»Wer nicht lustig ist, hat es nicht verdient zu leben, mein Freund. Wer nur Trübsal bläst, hat auf der Welt nichts verloren. Deshalb habe ich den Freitod gewählt. Die anderen Trauerklöße sind nur zu feige.«

13. Hildegard

Als der Clown aus der Pathologie verschwunden war, hielt er sich zunächst in seinem Elternhaus auf. Da aber die Großeltern schon lange nicht mehr lebten, seine Mutter und nun auch der Vater das Zeitliche gesegnet hatten, machte das irdische Dasein so ganz allein keinen Spaß. Plötzlich erinnerte er sich an Hildegard. Die war so lustig, mit ihr könnte er Spaß haben.

Und eines Tages, früh gegen zehn Uhr, sah Steffen, wie Hildegard das Haus verließ. Er blieb vor dem Haus stehen und wartete auf ihre Rückkehr, er hatte ja alle Zeit der Welt.

Eine Stunde verging, dann sah er sie wieder heimkommen. Sie hatte kleinere Einkäufe erledigt. Hildegard wohnte im zweiten Stock, genau über der Wohnung von Ewald Braun. Als sie vor ihrer Tür stand, staunte sie nicht schlecht und bekam Angst. Aber die Angst verschwand sogleich wieder, als sie las, was auf dem Luftballon geschrieben stand: *Ich liebe dich, Hildegard.*

Das war bestimmt wieder der lustige Clown, ging ihr durch den Kopf. Sie schloss die Wohnungstür auf, trat in den Flur, dann in die Küche und stellte die

Einkaufstasche auf den Tisch. Und genau in diesem Moment klingelte es an der Tür.

Nanu, wer mochte das sein? Und dann, wie ein Blitz, dachte sie an den Luftballon und den Clown. Genau, das wird der Clown sein. Hildegard spürte, wie sie errötete. Ja, sie war aufgeregt wie ein kleines Kind.

Du bist eine alte, dumme Pute, sagte sie zu sich selbst und ging zur Tür. Dann öffnete sie und ein Lächeln erstrahlte auf ihrem Gesicht.

Der Clown lächelte sie auch an und fragte, ob er eintreten dürfe. Er durfte.

Von diesem Tag an wohnte der Clown bei Hildegard.

Sie war froh, nicht mehr allein zu sein. Sie hatten den ersten Tag bis in die Nacht geplaudert, er hatte ihr gestanden, dieser böse Clown zu sein, aber er hätte auch eine gute Seite. Er erzählte ihr seine Lebensgeschichte, so, wie er sie Daniel Wolf erzählt hatte.

Hildegard vergoss sogar ein paar Tränen. Das fand der Clown sehr rührend. Solche Gefühle ihm gegenüber hatte er noch nie zu spüren bekommen. Was für eine wundervolle und verständnisvolle Frau sie doch war.

Hildegard nahm ihn in die Arme, streichelte sein Clownsgesicht. Steffen war bewegt, er hätte am liebsten einen Wasserfall voller Tränen vergossen, aber er nahm sich zusammen.

Und weil es schon spät war, bot ihm Hilde an, auf der Couch zu schlafen.

Er gab zu verstehen, als Geist wäre er in Windeseile zu Hause.

Aber Hilde wehrte ab, er solle bleiben, dann wäre sie beim Frühstücken nicht allein.

Und da er die Hilde in sein Herz geschlossen hatte, weil sie ihm so viel Liebe entgegenbrachte, sagte er zu.

Am zweiten Abend blieb er auch, wieder auf der Couch. Am dritten Tag schlug Hilde vor, er könne für immer bei ihr wohnen, dann wäre sie nicht mehr allein und er würde sie für den Rest des Lebens glücklich machen.

Steffen hatte es geschafft, Hilde ganz auf seine Seite zu ziehen.

Sie hatte sich in ihn verliebt, sie akzeptierte alles, was er tat. »Dein Leben war doch so fürchterlich gewesen. Jetzt willst du dich eben rächen.«

Er gab ihr zu verstehen, im wahren Leben war er ein Nichts, ein Pechvogel, ein vom Schicksal geprügelter Knabe. Aber jetzt hatte ihm Gott Macht erteilt. Jetzt war er wer, die Menschen hatten Angst vor ihm, jetzt bestimmte er über Leben und Tod.

»Ja«, stimmte ihm Hilde zu, »so gesehen hast du recht.« Hilde war voll auf seiner Seite. Und der Clown fühlte sich überglücklich, endlich einen Menschen gefunden zu haben, der ihn liebte. Er musste sich eingestehen, auch wenn diese Frau vom Alter her seine Mutter sein könnte, er liebte sie, wie ein Mann eine Frau liebt.

Ab dem dritten Tag schlief Steffen im Bett von Hildes verstorbenem Mann. Zaghaft wagten beide, sich einen Gute-Nacht-Kuss zu geben.

Am fünften Tag ergab es sich ganz spontan, dass sie miteinander schliefen. Das Alter spielte für beide keine Rolle. Er war zweiundvierzig, Hilde vierundsiebzig Jahre alt.

Hilde war überglücklich. »Dass ich das noch mal erleben darf, das machen wir jetzt jeden Tag, ja? Bitte!« Schade war allerdings, so Hilde, dass sie beide nie zusammen ausgehen konnten. Aber egal, in ihrer Wohnung hatten sie einander. »Und du bleibst bei mir bis zu meinem Ende?«, wollte Hilde wissen.

Er versprach es ihr, allerdings gab er zu bedenken, er wisse nicht, wie lange sein jetziger Zustand vorhalten würde. Vielleicht war das Geistsein irgendwann beendet. Aber so lange, wie er jetzt existiere, müsse sie sich keine Sorgen machen, er ließe sie nicht allein.

Was sein Elternhaus betraf, das würde verkauft werden. Tante Ulla war die einzige Erbin, und die wollte sich mit dem Geld noch ein schönes Leben machen. Ihr eigentliches Leben als Kassiererin im Zirkus war auch nicht gerade der Traum vom großen Glück. Ihr war es ähnlich wie Steffen ergangen, einen Partner fürs Leben hatte sie nicht abbekommen.

14. Ankündigung

Als Markus Triemer an diesem Abend nach Hause kam, fand er auf dem Küchentisch einen Briefumschlag vor. Er wusste sofort, in seine Wohnung konnte nur der Clown ungehindert eindringen. Eine Nachricht, was anderes konnte es nicht sein. Markus öffnete den Umschlag, zog ein Blatt Papier heraus und las: *Ich habe euer Gespräch belauscht. Das wird Folgen haben.*

Sofort verständigte er Baudisch und seinen Freund Wolfgang Engelhardt.

War irgendetwas zu veranlassen? Was hatte dieser Kerl vor? Sie konnten nichts tun, außer auf der Hut zu sein. Vorsicht walten lassen war angesagt. Andernfalls wären sie dem Clown rettungslos ausgeliefert, davon war Triemer überzeugt. Der Clown war ja kein Mensch mehr und kein gewöhnlicher Verbrecher, den man einfach so zur Strecke bringen konnte. Verflixt, da waren einem die Hände gebunden. Man konnte einfach nichts tun. Nichts.

Am anderen Tag neuerliche Aufregung. Im Stadtkurier konnte man lesen: *Nachricht an uns vom Mörder-Clown. Hört nicht auf euren Bürgermeister, er kann euch nicht schützen. Keiner kann euch schützen, nur ihr selbst könnt es. Seid einfach lustig, dann seid ihr auf der sicheren Seite.*

Der Stadtrat tobte, Baudisch tobte, Triemer tobte nicht. Der Clown befand sich eindeutig im Vorteil und warum sollte der Stadtkurier diese Meldung nicht bringen?

Wie sich später am Tag herausstellte, hatte die Chefredakteurin Marina Löffler keine Wahl gehabt; der Clown hatte sie gezwungen. Er rief sie am Abend zuvor an und drohte ihr, falls sie den Text nicht drucken sollte, den er ihr jetzt diktieren würde, dann wäre sie keine zwei Tage mehr am Leben. Ob das nun wirklich der Clown war oder irgendein anderer Kerl, der sich nur wichtigmachen wollte, das konnte Frau Löffler nicht beurteilen. Was war denn verkehrt daran, dem Willen des Clowns zu folgen? Im Prinzip hatte er recht. Triemer kannte Frau Löffler zwar nur flüchtig, aber er war auf ihrer Seite. Sie hatte richtig gehandelt.

Was nun Oberbürgermeister Krüger betraf, der schrie Frau Löffler am Telefon an, als wäre sie seine Untergebene. Als ob sie kein Mensch wäre, sondern nur ein Ding, das zu dämlich war, richtig zu arbeiten.

Marina Löffler ließ sich das aber nicht gefallen, knallte den Hörer auf und schimpfte wie ein Rohrspatz auf diesen Idioten von Oberbürgermeister. Was für ein Idiot, mein Gott, der sah nicht nur so aus, nein, er war auch ein Idiot. Dazu noch ein hässlicher. Sie wünschte ihm alles Schlechte an den Hals.

Eine Stunde später erfüllte sich ihr Wunsch. Krüger verließ sein Büro im dritten Stock und wollte zu seinem Dienstauto. Aber auf der Treppe kam er zu Fall und brach sich das Genick. Und wie aus Zauberhand hielt er plötzlich einen Luftballon in der Hand, auf diesem stand: *Er war ein Miesling und nicht lustig.*

Der Tod des Oberbürgermeisters sorgte für keine gute Stimmung bei Baudischs Mannschaft. Wen wird es als Nächstes treffen, einen von uns? Keiner sprach es aus, aber alle dachten an Engelhardts Idee. War er der nächste auf der Liste des Clowns? Hatte der Clown es auf sie alle abgesehen? Sie hatten ein mulmiges Gefühl, Angst bemächtigte sich ihrer.

Doch es geschah nichts Außergewöhnliches. Der Clown verhielt sich ruhig. Oder war er weitergezogen? Nein, das glaubte keiner so recht.

»Der spielt mit uns«, meinte Triemer. »Der macht kleine Psychospiele, dieser Dreckskerl.«

15. Ein Versprechen

»Das mit der Pause finde ich prima, bringt Spannung in das Buch. Der Leser weiß nicht, wie und wann es weitergeht, wer als Nächstes sterben wird.«

Der Clown lächelte. »Ja, ich spiele ein wenig mit denen. Eine Woche haben sie nichts von mir gehört, langsam werden sie unvorsichtig und vermeinen sich in Sicherheit. Ich habe sie wieder mal belauscht, die Herren Kriminaler. Sie denken, entweder bin ich verschwunden, weitergezogen, oder habe ihnen nur Angst einflößen wollen. Ich lasse sie noch ein paar Tage in dem Glauben. Dann schlage ich wieder zu. Aber fragen Sie mich nicht, wer ins Gras beißen wird. Ich bin mir da noch nicht schlüssig.«

»Wie lange wollen Sie das Töten fortsetzen? Hören Sie irgendwann mal auf?« Die Frage hätte Daniel nicht stellen sollen.

»Keiner mischt sich in meine Angelegenheiten, verstanden?« Die grellroten Lippen des Clowns zeigten wütend abwärts. »Auch Sie nicht. Ihre Aufgabe besteht darin, meine Geschichte zu schreiben, weiter nichts. Sie sollten sich glücklich schätzen, dass ich Sie ausgesucht habe. Ansonsten säßen Sie doch immer noch vor dem Computer und wüssten nicht, worüber Sie schreiben sollten. Sie wären ein kleiner Schreiberling ohne Einfälle. Ihre Glanzzeit liegt hinter Ihnen. Seien Sie froh, dass ich zu Ihnen gekommen bin. Ein wenig mehr Dankbarkeit wäre angebracht.«

Daniel entschuldigte sich kleinlaut und bat, mit dem Manuskript weiterzumachen.

Steffen beruhigte sich. »Gut, fangen wir an. Der Herr Oberbürgermeister, also sein bedauerlicher Unfall hat ganz schöne Wellen geschlagen. Wäre der Luftballon nicht gewesen, hätte man es garantiert als Unfall abtun können. Aber als Verbrechen kann es auch niemand nachweisen. Ein Geist lässt sich nicht als Mörder verdächtigen. Das wäre das Ende einer politischen oder beruflichen Karriere. Das wissen alle Beteiligten, daher spricht es keiner aus. Aber die Menschen sind nicht ganz so naiv, wie die da oben denken. Da war ein Luftballon, also war es der Clown. So denkt die Bevölkerung. Ich höre es doch täglich, wenn ich unsichtbar durch die Stadt gehe. Jetzt machen sie wieder Druck auf die Polizei. So ein Schwachsinn. Eigentlich tun die mir jetzt wieder leid. Ich meine, der Druck kommt von oben. Irgend so eine übergeordnete Institution will Aufklärung. Aber Vorschläge gibt es nicht. Tja, ich bin gespannt, was sich die Polizei einfallen lässt.« Er zog die dreieckigen schwarzen Brauen hoch und setzte fort: »Aber machen wir jetzt bei Hilde weiter, beziehungsweise bei Ewald Braun. Ich habe mir schon etliche Male überlegt, diesen Widerling zu beseitigen.

Wenn ich Sie heute Abend verlasse, werde ich mein Vorhaben in die Tat umsetzen.«

Daniel unterbrach den Clown. »Sie wollen mir jetzt erzählen, dass Sie anschließend den Ewald Braun töten werden?«

Der Clown bejahte.

»Aber so war das nicht abgemacht, Steffen. Sie wollten mir Ihre Geschichte erzählen, und das heißt, ich notiere alles bisher Geschehene. Damit kann ich leben. Aber jetzt erzählen Sie mir, was anschließend geschehen wird, nein, also das kann ich mit meinem Gewissen nicht vereinbaren. Tut mir leid, da steige ich aus.«

Der Clown setzte wieder ein Lächeln auf, wobei er den Mund ganz weit öffnete und sein Gesicht wieder einer Fratze glich.

Am liebsten hätte Daniel ihn ins Gesicht geschlagen. Noch besser wäre, ihn totzuschlagen. Das Buch könnte er auch allein weiterschreiben, das Thema war ja nun vorgegeben und seine Fantasie wieder erwacht. Er würde einen wunderbaren Thriller daraus machen. Auch ohne diesen verdammten Clown. Aber leider war er an diesen verdammten Rollstuhl … ach, Scheiße. Eine Pistole, ging ihm durch den Kopf. Ich brauche eine Pistole, dann könnte ich ihn erschießen. Aber das wird wohl nichts helfen, der ist doch schon tot. Stimmt, er ist ja ein Geist. Mist, Mist, Mist.

Und dann wurde sein Grübeln vom Clown unterbrochen: »Oh, der kleine Schreiberling wird aufmüpfig?

Muss ich mir einen anderen Schriftsteller suchen? Bis jetzt sind wir beide doch wunderbar ausgekommen. Ich habe Sie wirklich gemocht, mein Freund. Und ich hatte Mitleid mit Ihnen und wollte, dass Sie wieder Freude am Leben haben. Aber wenn Sie nicht wollen, gut, dann gehe ich und Sie löschen alles Geschriebene, denn das ist mein geistiges Eigentum.«

Eine Minute lang schauten sie sich an. Dann sah Daniel es ein, er hatte keine Chance gegen den Clown, der würde nie auf ihn hören. Der hört auf keinen, er ist besessen von seinen Rachegelüsten. Dabei müsste Steffen sich selbst verachten, denn er war doch der Schwächling, er selbst hatte nichts aus seinem Leben gemacht. Aber das würde er nie zugeben. Nicht er ist schuld an seinem verkorksten Leben, nein, immer die anderen. Ja, sein Vater war ein Ekel, aber als Steffen Neumann volljährig war, hätte er handeln müssen. Er war zwar abgehauen, aber dann wieder zurückgekehrt, zurückgekrochen wie ein Sünder.

Ja, letztens hatte Daniel ihm noch sein Mitgefühl ausgesprochen. Doch heute, das war zu viel. Das war echt zu viel.

Er will mit mir plaudern und anschließend lässt er mich hier sitzen mit dem Wissen, dass er losgeht und Ewald Braun umbringen wird. Der will mich zum Mitschuldigen machen. Ich kann doch aber nicht hier einfach herumsitzen und nicht die Polizei verständigen. Tu ich es aber, dann bringt er anschließend mich um?

Tu ich es nicht, wird mich für den Rest des Lebens mein Gewissen plagen. Ich steck in einer Zwickmühle.

Während sich Daniels Gedankenrad drehte, stand der Clown auf und wollte sich verabschieden, hielt dann inne und zeigte ein nachdenkliches Gesicht.

Nach einer Minute setzte er sich wieder und sprach: »Oh, entschuldigen Sie, mein Freund, jetzt erst wird mir bewusst, wie unklug ich gehandelt habe. Ich verstehe, was in Ihnen vorgeht. Ja, ich kann Sie gut verstehen. Ich entschuldige mich vielmals. Sie hatten Gewissensbisse, habe ich recht? Sie dachten, jetzt geht der Clown einen Menschen töten und ich sitze hier, weiß es und habe keine Ahnung, wie ich handeln soll. Auf der einen Seite Ihr Gewissen, auf der anderen die Angst, ich könnte Sie töten, sollten Sie die Polizei verständigen. Habe ich recht, waren das Ihre Gedanken?«

Daniel Wolf bestätigte es.

»Haben Sie was zu trinken?«

Etwas überrascht schaute Daniel den Clown an und bejahte. »Dort in der Schrankwand, rechts, sehen Sie, eine Hausbar.«

Der Clown ging und öffnete sie. »Alles da, prima. Was trinken Sie denn am liebsten?«

»Bier. Am liebsten Bier.«

Der Clown nahm zwei Flaschen und kam zurück, setzte sich ihm gegenüber, reichte ihm eine Flasche.

Aus einem Schreibtischfach entnahm Daniel einen Flaschenöffner und fragte den Clown, ob er ein Glas möchte. Der winkte ab, meinte, aus der Flasche schmeckt es besser. Da konnte ihm Daniel nur zustimmen. Sie prosteten sich zu, nahmen einen Schluck aus der Flasche und lächelten sich an.

»Eigentlich brauch ich kein Essen und Trinken, wissen Sie, ich bin ja kein Mensch mehr. Aber ich kann immer noch alles zu mir nehmen, und manchmal habe ich Appetit auf dieses und jenes.« Er trank wieder aus der Flasche, mehrere Schlucke, und dann fragte er: »Alles vergeben, Daniel? Ewald wird heute nichts passieren und ich werde nie wieder von meinen Plänen erzählen, versprochen.«

Daniel war erleichtert, dass sich die Auseinandersetzung erledigt hatte.

»Also machen wir weiter, mein lieber Freund. Warum ich eine Wut auf Ewald Braun habe, das kann ich Ihnen aber jetzt schon erzählen. Ach, ein paar Worte noch zu meiner Hilde. Die vierundsiebzig Jahre sieht man ihr echt nicht an. Und eine Figur hat die Frau, einfach super. Sie ist keine alte runde Tonne oder eine mit zu viel Fettpölsterchen, nein, einfach eine wunderschöne schlanke Frau. Und ich meine wirklich schlank. Nicht dürr, das dürfen Sie nicht denken. Nein, sie ist kein Hungerhaken, sie ist normal schlank mit allen Kurven. Was ihre Haare betrifft, ich glaube, in natura wären sie grau oder silberweiß. Aber sie hat sie gefärbt, dunkelbraun. Und im Bett lebt sie auf. Und wenn sie dann kommt, oh, dann schreit sie, und ich liebe ihre

Schreie. Wenn sie kommt, wenn ich komme und dann diese geilen Schreie von Hilde, das ist für mich ein doppelter Orgasmus. Da spielen alle Sinne verrückt.« Er trank einen Schluck. »Was nun diesen Ewald betrifft, diese Schreie machen ihn auch verrückt, aber auf eine andere Art. Das Schlafzimmer von Ewald Braun liegt genau unter dem von meiner Hilde. Sie ahnen etwas? Aber es geht noch weiter. Es kam zwei- oder dreimal vor, dass wir im Wohnzimmer bei Musik getanzt haben. Gut, vielleicht war die Musik etwas zu laut. Aber das Tanzen selbst hat ihn auch gestört. Und eines Morgens stand er vor Hildes Wohnungstür und fragte, was denn mit ihr los sei. Ob sie jetzt einen Verehrer hätte, einen Kerl, der ihr das Gehirn rausvögle. Und die Tanzerei, diesen Krach hält er nicht mehr aus. Das hätte er von ihr nicht gedacht. Sie wäre doch immer eine ruhige Hausbewohnerin gewesen, was ist nur plötzlich in sie gefahren? Ich stand unsichtbar neben Hilde. Am liebsten hätte ich ihn sofort verprügelt, aber Hilde wusste, dass ich neben ihr stand und machte sich breit, sodass ich nicht an ihr vorbeikam. Dann fragte er noch, komisch, dass er nie jemanden zu ihr habe kommen sehen und fortgehen auch nicht. Aber er würde ab jetzt auf der Lauer liegen.«

Und damit endete der Abend. Der Clown verabschiedete sich und Daniel trank noch zwei Flaschen Bier. Erst spät schlief er ein, seine Gedanken beschäftigten ihn. Auf was hatte er sich da eigentlich eingelassen?

16. Überraschung

Steffen hielt sein Versprechen, er fügte Ewald in dieser Nacht kein Leid zu. Auch am nächsten Tag vergriff er sich nicht an ihm, obwohl der keine Ruhe gab, wie Hilde ihm berichtete. Jeden, den er im Haus antraf, fragte Ewald, ob sie wüssten, dass die Hilde einen Verehrer hätte. Bei ihr würde es nachts im Schlafzimmer schön heiß hergehen. Aber keiner der Hausbewohner wusste von einem Freund.

Das konnte sich auch keiner vorstellen. In dem Alter, und außerdem, Hilde ging doch nie aus. Die machte ihre Einkäufe, das war es. Die ging doch nicht mal spazieren. Sogar bei schönem Wetter blieb sie zu Hause hocken. Wie sollte sie also an einen Verehrer gelangen?

Hilde versuchte, den Clown zu beschwichtigen. »Eigentlich ist der Ewald ein netter Kerl. Luise, seine Frau, ja, mit der hat sich hier im Haus keiner so recht anfreunden können. Die war nämlich ein Tratschweib. Du konntest ihr nichts erzählen, alles tratschte sie weiter. Und ich möchte nicht wissen, was sie alles hinter meinen Rücken über mich erzählt hat. Manchmal tat mir der Ewald wirklich leid. Er war immer so nett und freundlich. Jetzt scheint ihm seine Luise zu fehlen. Plötzlich so allein, ich habe Mitleid mit ihm. Tu ihm bitte nichts, wir werden ab jetzt ein wenig leiser sein, dann lässt er uns in Ruhe.«

Der Clown gab Hilde einen Kuss auf die Stirn und meinte: »Dann reiß dich mal zusammen und schrei nicht immer so laut, wenn du kommst.« Er zwinkerte ihr zu. »Andererseits mag ich deine Schreie.« Und nach einer kurzen Pause setzte er noch hinzu: »Ich gebe ihm noch eine Frist. Schrei, so laut du kannst. Sollte er sich nochmals darüber aufregen, dann habe ich kein Erbarmen mehr. Und vergiss nicht, er wollte mich doch auch töten, damals auf dem Friedhof. Nur bin ich dummerweise vor den Bus gelaufen.«

Hilde wollte ihn umstimmen. »Bedenke aber, wenn du Ewald tötest, dann ziehen andere Mieter ein, und die könnten sich wiederum beschweren. Weißt du was, ich könnte mir beim Sex ein Taschentuch in den Mund stecken?«

Der Clown grinste. »Wie sieht das denn aus. Nein, nein, ich mag deine Schreie.«

Sie gingen ins Schlafzimmer und es dauerte nicht lange, da schrie Hilde wieder.

Nach dem Sex lag Hilde noch einige Zeit wach und machte sich Gedanken über Ewald. Sie hatte ihn schon immer gemocht. Und wenn Ewald gewollt hätte, sie wäre sofort mit ihm ins Bett gegangen. Aber das waren alles nur Fantastereien einer einsamen, nach Liebe dürstenden Frau. Das war keine echte Liebe, nur ein Verlangen. Aber nun hatte sie sich in den Clown verliebt. Nein, das war kein Verliebtsein, das war große Liebe. Sie liebte ihn und wurde wieder geliebt. Und das in ihrem Alter, welch ein Glück. Sie musste dieses Glück festhalten. Und wenn Steffen der Meinung war, Ewald muss weg, dann muss es halt so sein. Er wird schon das Richtige tun.

Frühstück. Plötzlich klingelte es an der Tür. Nanu, wer mag das sein, fragte sich Hilde.

»Wenn das wieder Ewald ist, dann war's das für ihn«, sagte der Clown und machte sich vorsichtshalber unsichtbar.

Hilde war schon an der Tür, öffnete und ihre Tochter stürmte in die Wohnung, rannte schnurstracks in die Küche und staunte nicht schlecht, zwei Gedecke zu sehen. Zwei Kaffeetassen.

»Du hast Besuch?«

Christine, zweiundfünfzig, war Hildes einziges Kind. Sie besuchte ihre Mutter nur selten, hatte nie Zeit, und daher staunte Hilde nicht schlecht, sie gerade heute früh zu sehen. Sehr, sehr unpassend.

Was sage ich jetzt nur? Hilde versuchte, der Frage auszuweichen, obwohl sie wusste, um eine Antwort kam sie nicht herum. »Was ist passiert, mein Kind, du kommst doch nicht umsonst so angestürmt?«

Christine schaute ihre Mutter fragend an. »Hast du einen Freund? Willst du ihn mir nicht vorstellen? Der Kaffee, noch ganz warm. Wo ist er, auf dem Klo? Im

Schlafzimmer?« Und ohne eine Antwort abzuwarten, stürzte Christine zur Schlafzimmertür, riss sie auf, und entdeckte nur zwei ungemachte Betten, aber keinen Mann. »Oh, er schläft schon hier?« Und etwas leiser: »Auf dem Klo?«, und zeigte mit dem Finger zur Klotür.

Hilde wäre am liebsten im Boden versunken, wie kam sie jetzt aus dieser Nummer wieder raus? Was sollte sie ihrer Tochter sagen? Dass sie einen Freund hatte, das konnte sie jetzt nicht mehr leugnen. Wo er jetzt ist? Mist, die beiden Kaffeetassen, gerade erst eingeschenkt, ihre Tochter ist ja nicht blöd. Ihr Freund konnte sich nicht einfach in Luft auflösen. Da kam Steffen ihr zu Hilfe, stand plötzlich, natürlich unsichtbar, hinter ihr und flüsterte ihr etwas ins Ohr.

»Kindchen, ja«, sagte Hilde nun erleichtert, »ich habe jemanden kennengelernt. Aber kurz bevor du gekommen bist, musste er schnell weg, hat einen Anruf bekommen. Den Kaffee konnte er nicht mehr trinken, so eilig hatte er es.«

Ihre Tochter schaute sie ungläubig an. »Das ist doch Quatsch. Ich nehme an, er wird so ungefähr in deinem Alter sein, er hat heute Nacht hier geschlafen, hier habt ihr gemeinsam gefrühstückt, du hast Kaffee nachgefüllt und plötzlich muss er ganz schnell weg? Als Rentner? Wohin?«

Hilde spürte, wie sie errötete. Hier half kein Lügen mehr. Aber wenn sie die Wahrheit sagte, was würde das für Folgen haben? Ihre Tochter würde nicht erfreut sein und Steffen noch weniger. Herrgott noch mal, ich dreh gleich durch. Was soll ich nur sagen?

Da schrillte das Handy ihrer Tochter. »Ja. Was? Nein. Wieso? Ich komme sofort, bin gleich da.« Dann zu ihrer Mutter: »Ich muss sofort wieder los, in die Firma. Mach dir keine Sorgen. Ich rufe dich später an.« Sprach es und war mit dem letzten Satz schon aus der Wohnung.

17. Kündigung

Als Marina Löffler an diesem Tag von ihrer Mittagspause zurückkam, fand sie auf ihrem Schreibtisch einen unbeschrifteten Briefumschlag. Etwas misstrauisch, aber auch neugierig öffnete sie ihn und entnahm ihm ein Blatt Papier. Da stand: *Morgen stirbt Ewald Braun, übermorgen wird die Polizei um Wolfgang Engelhardt trauern und eine Woche später wird ein großes Unglück in der Stadt passieren. Mit den besten Grüßen, der Clown.*

Sie hatte im Stehen gelesen, jetzt ließ sie sich in ihren Schreibtischstuhl fallen. Was tun? Verflixte Scheiße, dachte sie. Was ist nur aus der Welt geworden? Ich muss die Polizei anrufen. Baudisch, den kenne ich. Ja, den Baudisch rufe ich an.

Baudisch glaubte im ersten Moment nicht, was er da zu hören bekam. Frau Löffler las ihm die Nachricht nochmals vor und fragte, was sie denn nun tun solle. Das könne sie doch nicht veröffentlichen, oder?

»Nein, um Gottes willen«, stimmte ihr Baudisch zu.

Er bestellte Triemer in sein Zimmer und informierte ihn über die Ankündigung des Clowns bei der Zeitungsredaktion.

Triemer tobte, wurde wütend. Weniger wegen des Clowns, sondern wegen seiner Hilflosigkeit. Was konnten sie unternehmen? Eigentlich nichts. Personenschutz, ja, aber ob das helfen konnte gegen einen Geist? Und angenommen, sie könnten an besagten Tagen die beiden Personen schützen, dann würde der Clown an einem anderen Tag zuschlagen. Es stand nicht gut um die Ermittler. Oder war es vielleicht ihre Chance, den Clown erneut zu töten, wie es Wolfgang vorgeschlagen hatte? Ein wenig Hoffnung stieg in ihm auf. Ja, den Kerl erschießen und anschließend dauerhaft in Ketten legen.

Triemer war immer noch bei Baudisch, als Marina Löffler erneut anrief.

»Der Clown war bei mir«, sagte sie mit zitternder Stimme, »leibhaftig. Ich kann nicht mehr, ich werde hier kündigen. Der verlangt doch wirklich, ich soll seine Nachricht im Stadtkurier veröffentlichen. Wenn nicht, würde ich es bereuen. Der hat mir gedroht. Nein, ich kann nicht mehr. Ich hau ab.« Dann war das Gespräch beendet. Frau Löffler hatte keine Antwort mehr abgewartet.

Baudisch versuchte sie zurückzurufen, aber sie ging nicht mehr an den Apparat. Er versuchte es auf ihrem Handy, nur Mailbox.

»Ich fahr hin«, schlug Triemer vor. »Kümmerst du dich wegen des Personenschutzes für Ewald Braun?« Baudisch bejahte.

Triemer hatte Glück, er erwischte Frau Löffler noch im letzten Moment; gerade verließ sie das Zeitungsgebäude. Sie war eine gutaussehende zweiundfünfzigjährige brünette Frau mit einer tadellos schlanken Figur. Er rief ihren Namen, sie drehte sich nach ihm um, blieb stehen, wartete auf ihn. Sie hatten bisher nicht viel miteinander zu tun gehabt.

»Hallo, Herr Triemer. Kommen Sie wegen der Nachricht vom …«

Triemer winkte ab. »Nicht hier.«

Marina Löffler gab zu verstehen, sie ginge das alles nichts mehr an, sie habe eben gekündigt und werde für unbestimmte Zeit die Stadt verlassen. Sollte er Fragen oder polizeiliche Anweisungen haben, dann möge er sich bitte an ihren Nachfolger, Herrn Haun, wenden.

»Sie schmeißen alles so einfach hin? Ihre ganze Karriere?«

»Gut«, sie seufzte, »da drüben, auf einen Kaffee?«

Triemer nickte.

Es war Sommer, man konnte draußen vor dem Café sitzen. Sie fanden einen kleinen runden Tisch für zwei an der Hausmauer.

»Hören Sie«, begann Frau Löffler, nachdem sie Kaffee bestellt hatten, »ich bin wirklich keine schwache Frau, im Gegenteil, ich war bisher immer stark gewesen. Ich habe mich beruflich immer durchsetzen können, Chefredakteur wird nicht jeder. Auch privat war ich immer eine starke Frau, habe zwei Kinder allein großgezogen. Mein Mann hat mich mit einer anderen betrogen, also habe ich mich scheiden lassen. Ich habe alles durchgestanden und meisterhaft hinbekommen. Aber jetzt bin ich wohl an meinen Grenzen angelangt. Das ist so irreal. Da steht plötzlich wie aus dem Nichts ein Geist vor mir, in Gestalt eines Clowns, und gibt mir Anweisungen.« Die Kellnerin kam und servierte den Kaffee. »Und wenn ich nicht … ja, was dann? Er drohte mir, ohne konkret zu werden. Das war einfach zu viel. Ich fahre jetzt nach Hause, packe einen Koffer und verschwinde vorerst.«

»Ich wollte auch schon alles hinschmeißen«, antwortete Triemer düster, »kündigen und abhauen. Denn wie kämpft man gegen einen Geist? Die Frage stellte ich mir immer wieder, und, na ja, ich weiß auch nicht, aber dann dachte ich, ich kann meine Kollegen nicht im Stich lassen. Und vor allem nicht meinen Kollegen und guten Freund Wolfgang Engelhardt. Ich weiß, die Chancen stehen für uns nicht gut. Ich muss bleiben und versuchen, diesen Clown zur Strecke zu bringen.«

Frau Löffler konnte ihn verstehen.

Triemer erzählte ihr noch, welche Idee Wolfgang hatte, um den Clown zu besiegen.

»Mag sein«, gab sie zu verstehen, »dass es so gelingen könnte, aber hundertprozentig wissen kann man es nicht.« Sie gab Triemer noch ihre Handynummer und bat ihn, sie auf dem Laufenden zu halten.

18. Kriegserklärung

Am anderen Tag geschah alles anders als geplant.

Conny Weber verließ um neun Uhr zwei das Büro des neuen Chefredakteurs des Stadtkuriers. Zehn Minuten später klopfte Holger Wernicke an die Bürotür von Andreas Haun. Er wartete nicht auf ein Herein, sondern öffnete sofort die Tür und blieb erstarrt stehen.

Das kann es doch nicht geben?

Herr Haun saß mit durchgeschnittener Kehle in seinem Stuhl. Auf dem Schreibtisch lag eine schriftliche Notiz: *Er hätte meine Ankündigung veröffentlichen sollen, dann wäre er noch am Leben.*

Punkt zehn Uhr sollte das Gerichtsverfahren gegen Kai Wagner eröffnet werden. Der Zwanzigjährige hatte einen siebzehn Jahre alten Jugendlichen im Streit totgeschlagen. Den Vorsitz hatte die Richterin Frau Engelhardt. Als aber der Richterstuhl um zehn Uhr fünf immer noch unbesetzt war, entschloss sich der Staatsanwalt, nach ihr zu suchen.

Er fand sie in ihrem Büro. Sie weilte nicht mehr unter den Lebenden. Ihr Hals war mit einer enggezogenen Lederschnur geschmückt.

Daran war ein Luftballon gebunden. Darauf stand geschrieben: *Lustig war sie schon, aber leider die Frau von Engelhardt.*

Kai Wagner wurde von zwei Justizbeamten aus dem Gerichtssaal geführt, der Gerichtsprozess gegen ihn musste verschoben werden. Die Hände in Handschellen, zur linken und rechten Seite jeweils ein Justizbeamter, marschierten sie durch den Flur zum Ausgang hin.

Plötzlich aber geschah etwas Unvorstellbares; Kai Wagner fiel zu Boden und in seinem Hals steckte ein Messer. Allerdings war keine weitere Person im Flur zu sehen. Wer hatte den Gefangenen niedergestochen? Unfassbar. Dann entdeckte der eine Justizbeamte einen Luftballon, der im Flur schwebte. Er bekam ihn zu fassen und konnte die Schrift auf dem Ballon lesen: *Er soll seiner Strafe nicht entgehen.*

Um elf Uhr dreißig erhielt Triemer einen Anruf vom Clown. »Ihr wolltet Krieg, jetzt habt ihr ihn. Für heute aber stelle ich meine Aktivitäten ein. Und die nächsten zwei Tage auch. Ihr könnt den Personenschutz für den Ewald Braun abziehen, und Engelhardt lass ich noch ein wenig leben; ich will ihn leiden sehen.« Anruf beendet.

Triemer hatte keine Möglichkeit zu antworten.

19. Enttäuscht

Ja, auf was hatte er sich da eingelassen? Daniel Wolf, der beim Schreiben und Erfinden von grausigen Todesarten in seinen Romanen keine emotionalen Regungen kannte, diesmal meldete sich ständig sein Gewissen. Alle seine Romane waren erfundene Geschichten, damit konnte er leben und ruhig schlafen; und auch gut Geld verdienen.

Aber was er von Steffen erfuhr, das war ja real geschehen. Nun konnte er nicht einfach die Flinte ins Korn werfen, wie man so schön sagt. Der Clown würde wütend reagieren. Vielleicht würde er dann auch ein Opfer sein? Es war dem Clown zuzutrauen. Der hatte doch, so kam es Daniel vor, Gefallen am Töten. Langweilte er sich als Geist? Tötete er deswegen? Warum tat er das alles?

Letztendlich kam Daniel zu der Einsicht, es blieb ihm keine andere Wahl, er musste das Projekt zu Ende bringen und die Emotionen verdrängen. Er war nur der Schreiber, der Berichterstatter. Ja, er musste sich einbilden, er wäre Journalist und berichtete über Tatsachen. Genauso sollte er ab jetzt denken. So würde es ihm besser gehen. Journalist. Ein Tatsachenbericht. Scheiß auf das Gewissen. Genau.

Letztens hatten seine Eltern gefragt, woran er denn nun schriebe, ob sie mal etwas lesen könnten?

»Nein, diesmal nicht«, war seine verblüffende Antwort. »Vertraut mir, wartet, bis ich fertig bin. Es ist so eine Art Tatsachenroman. Wenn ich fertig bin, werdet ihr mich verstehen.«

Im Moment konnten sie das jedoch nicht.

»Schaut nicht so traurig, glaubt mir, es ist besser so. Der Roman wird bald fertig sein, dann könnt ihr ihn lesen und ich sage es jetzt schon, es wird keine leichte Kost. Aber ich werde euch alles erklären und ihr werdet mich verstehen.«

Nein, seine Eltern verstanden ihren Jungen nicht. Was sollte dies plötzlich? Bisher hatte er ihnen sogar aus seinen Manuskripten vorgelesen und gefragt, wie sie es fanden, ob er es so lassen konnte. Ob diese eine Stelle gut wäre oder ob er sie anders schreiben sollte. Solche Fragen stellt er ihnen. Und diesmal durften sie nicht? Da war es kein Wunder, dass sie sich um ihren Jungen sorgten. Da stimmt doch irgendetwas nicht.

20. Arschlöcher

»Können Sie sich vorstellen, wie Triemer getobt hat, als er vom Tod der Frau Engelhard erfahren hatte?«

Daniel Wolf bejahte die Frage.

»Der hat herumgeschrien wie ein Stier am Spieß. Das hat mir so gutgetan.«

Ganz leise fragte Daniel: »Warum aber die Frau, sie hat doch nichts Unrechtes getan?«

Der Clown antwortete lächelnd: »Ich will den Engelhardt leiden sehen. Er will mir an den Kragen, das hat er nun davon.«

»Und was ist mit der Tochter von Hilde? Wollen wir das auch im Buch erwähnen mit ihrer Firma und was da plötzlich passiert ist?«

»Ja, unbedingt, denn mein Besuch in ihrer Druckerei ist wichtig für das weitere Geschehen. Also, erstens war ich neugierig auf Christine, weil sie doch die Tochter von Hilde ist. Ich wollte wissen, was für ein Mensch sie ist und was in der Druckerei passiert war. Eine Maschine war ausgefallen, irgendein technischer Defekt. So sah es zumindest aus. Christine ist die Chefin der Druckerei, sie ist schon zehn Jahre verwitwet. Ihr Mann hatte einen tödlichen Autounfall. Die Druckerei zu managen ist nicht immer leicht. Da gab es einen

Roland Fuhrmann, der hatte so eine große Klappe, sage ich Ihnen. Der beschimpfte seine Chefin. Das muss man sich mal überlegen. Die hätte ihn feuern können. Aber das schien den nicht zu jucken. Er warf ihr vor, das hätte er vorausgesehen, dass die alte Maschine bald ihren Geist aufgeben würde. Christine entgegnete, er wisse aber auch, dass sie für eine neue Maschine kein Geld hätte. Wenn sie sich jemals eine neue anschaffen würde, müsse sie Personal einsparen, und da wäre er der Erste, den sie feuern würde. Ruhe war. Also wenn Sie mich fragen, dieser Roland, ein unangenehmer Zeitgenosse. Ein Arschloch eben. Und plötzlich durchfuhr mich ein Gedanke; es gibt zu viele Arschlöcher auf der Welt. Ich begann umzudenken. Ich sehe ein, der Mensch kann nicht jeden Tag lustig sein, das geht nicht. Da muss ich mehr Nachsicht zeigen. Aber kein Nachsehen habe ich mit denen, die tagelang nur Trübsinn blasen, für die lustig ein Fremdwort ist. Für die bleibt mein Grundsatz: Wer nicht lustig ist, hat es nicht verdient zu leben. Aber ab jetzt achte ich mehr auf die Arschlöcher, die braucht kein Mensch. Und das erste Arschloch, das daran glauben musste, war dieser Roland Fuhrmann. Als die beiden mit dem Streiten fertig waren, Christine ihm den Rücken kehrte und sich auf den Weg zum Büro machen wollte, versetzte ich dem Kerl einen gewaltigen Arschtritt. Nur so, aus einer Laune heraus. Dass der stolperte und mit dem Kopf auf die Stirnseite der Druckmaschine aufschlug, das hatte ich echt nicht geplant und auch nicht vorausgesehen. Wenn Stirn auf Stirn trifft, kann das tödlich enden. Für den Fuhrmann endete es so. Da hat das Arschloch einfach Pech gehabt. Christine hörte es krachen, drehte sich um, kam angerannt und sah, was passiert war. Zwei weitere Mitarbeiter hatten es genau gesehen. Der war einfach ausgerutscht. Ohne ersichtlichen Grund. Hat sich einfach den Schädel aufgeschlagen. Als Christine mit ihren Telefonaten wegen des Unfalls ihres Mitarbeiters fertig war, steckte sie sich eine Zigarette an und sprach leise zu sich: Den Falschen hat es nicht getroffen. Gott sei Dank bin ich das Arschloch los. Das hat sie wirklich gesagt. Das hat mir gefallen. Ich mag die sehr. Sie hat das Herz auf dem rechten Fleck. Ohne es gewollt zu haben, habe ich ihr einen großen Gefallen getan. Ich werde mich irgendwie einsetzen, dass sie sich eine neue Druckmaschine kaufen kann. Aber dazu später mehr. Ich bin dann an diesem Tag, wie all die anderen auch, durch die Stadt gegangen, immer auf der Suche nach lohnenden Opfern. Allerdings sah ich mich ab diesem Tag nach Arschlöchern um. Wenn man mit offenen Augen durch die Stadt geht, man sieht sie überall. An jeder Ecke, in jedem Geschäft, jedem Lokal, einem begegnet man mindestens. Manchmal stört es mich schon, dass ich mich nicht öffentlich zeigen kann. Ich würde mich gern mal mit solchen Idioten unterhalten. Die sind einfach Abschaum der Gesellschaft. Das sind Menschen, die lügen und betrügen. Die täuschen, schleimen, buckeln und lästern. Sie nerven einfach nur. Also, wie wehrt man sich? Man zieht sie einfach aus dem Verkehr. Ich ziehe sie aus dem Verkehr. Ich, der tote Clown.«

21. Geisterjäger

Engelhardt erging es wie einst Triemer, er hielt es zu Hause nicht aus. Nach einem Tag Arbeitspause meldete er sich wieder zum Dienst. Wenn man auch machtlos gegen den Geisterclown war, es gab bei der Kripo reichlich andere Fälle zu bearbeiten. Er brauchte Ablenkung, die er daheim nicht hatte. Der eine Tag Ruhe hatte gereicht.

Die Tochter, die noch zu Hause wohnte, sagte auch, »wir müssen uns beschäftigen, sonst drehen wir durch.«

Die andere, die schon verheiratet war, aber auch hier in der Großstadt wohnte, hatte den ganzen Tag mit ihnen verbracht. Sie hatten getrauert und immer wieder die Frage aufgeworfen, warum? Warum ihre Mutter? Warum seine Frau?

Drei Tage nach dem Mord der Richterin bekam die Kriminalabteilung Besuch von einem Kollegen aus dem LKA. Ein Fünfunddreißiger mit Glatze.

Baudisch dachte, jetzt, da eine Richterin von einem Mördergeist umgebracht worden ist, werden sie aktiv. Ja, sollen sie sich doch darum kümmern. Aber etwas lächeln musste er schon, als dieser Kollege vom LKA ihnen mittelte, dass er zur Unterstützung Geisterjäger mitgebracht habe.

Und Baudisch stellte sogleich die Frage: »Wo wollen Sie denn mit der Sucherei anfangen? Und wenn Ihre Suche erfolgreich sein sollte, was wollen Sie gegen den Clown, entschuldigen Sie, gegen den Geist, ausrichten?«

»Nun, ich dachte, Sie könnten es uns sagen?«

Arschloch, dachte Baudisch. »Wir wissen es auch nicht. Und das wird alles nichts bringen. Nehmen wir an, mit diesen komischen Messungen hätten Sie Erfolg, was dann? Was wollen Sie unternehmen?«

Der LKA-Mann glotze dämlich drein.

Na prima, dachte Baudisch, was für ein Arschloch hat man uns da geschickt. »Eine Frage noch, sind Sie fest davon überzeugt, mit all den Messgeräten Geister aufzuspüren? Wissen Sie, ich bin nicht auf der Wurstsuppe dahergeschwommen, bisher wurden keine wissenschaftlich überprüfbaren Beweise für die Existenz von Geistern gesammelt. Also scheinen diese ganzen Geräte nichts zu taugen. Dass es Geister gibt, das kann ich, das können wir alle bestätigen, aber wie können wir in diesem speziellen Fall den Geist besiegen? Haben Ihre Geisterjäger eine Antwort darauf?«

Zuerst wieder nur ein dummes Gesicht vom LKA-Mann. »Ich will es hoffen«, ließ er dann hören. »Deswegen sind sie hier.«

Schließlich entschied man sich, all die Messgeräte wie Magnetometer, Geigerzähler und wer weiß was noch alles, in den Büros von Baudisch und Triemer aufzustellen. Immerhin hatte der Clown sie hier schon einmal belauscht. Die Chance, dass er es wieder tun könnte, bestand durchaus. Wo sonst hätte man es auch tun sollen? Aber an einen Erfolg glaubte keiner so recht. Ein wenig Hoffnung allerdings hatte jeder. Vielleicht könnte man den Clown wirklich aufspüren, dingfest machen und, wie Wölfi es vorgeschlagen hatte, für immer und ewig in Ketten legen.

Am nächsten Tag, gleich am frühen Morgen, baute man die Geräte auf. Vier Geisterjäger waren damit beschäftigt. Und natürlich beobachtete der LKA-Mann alles. Baudischs Leute hingegen interessierten sich nicht für das emsige Treiben der Geisterjäger. Im Gegenteil, man behandelte sie wie Luft und ging der eigenen Arbeit nach. Was macht man in einem Büro der Kriminalpolizei? Akten lesen, telefonieren, Gespräche führen und manchmal auch Witze reißen.

Nachdem alle Geräte aufgebaut waren und die Geisterjäger auf der Lauer lagen, wurde es für einen Moment still.

Dann sagte Triemer: »Ich höre nichts. Wo ist er denn?«

Seine Kollegen begannen zu lachen.

»Meine Herren, bitte mehr Respekt«, rügte sie der LKA-Mann.

Triemers Telefon klingelte. Er nahm den Hörer ab und – unter anderen Umständen hätte er geflucht, aber diesmal musste er lächeln – hörte stillschweigend zu und legte dann den Hörer wieder auf. »Einen schönen Gruß vom Clown soll ich ausrichten. Er hat sich lange Zeit hier im Raum befunden und meint, wir können die Messgeräte auf den Müll werfen.«

Die Blicke der Geisterjäger und vom LKA-Mann waren einfach köstlich. Obwohl die ganze Situation, der ganze Ärger mit dem Clown, der Tod von Frau Engelhardt, all die anderen Todesfälle sehr traurig war, konnte eine gewisse Schadenfreude bei den Kripobeamten nicht übersehen werden.

Es wurde wieder alles abgebaut. Die Geisterjäger verschwanden lautlos und deprimiert. Was für eine Schande für ihr Gewerbe.

Der LKA-Mann telefonierte mit einem Vorgesetzten. Für ihn gab es hier nichts mehr zu tun, er wurde zurückbeordert. Was hätte er auch ausrichten können?

Eine Stunde später fand man ihn tot in seinem Auto, das er vor einen Baum gefahren hatte. Am Scheibenwischer war ein Luftballon befestigt. Auf ihm stand gedruckt: *Er war ein Arschloch.*

22. Der Dicke

Der Dicke hatte einen Namen: Ralf Grundmann, fünfundfünfzig Jahre alt. Er war Busfahrer bei den städtischen Verkehrsbetrieben.

Der Clown war mal zufällig, aus einer Laune heraus, mit dem Linienbus mitgefahren und hatte sich ein wenig über ihn amüsiert.

Grundmann war ein kleiner Spaßvogel. Jeden neuen Fahrgast begrüßte er mit einem freudigen Lächeln und einem witzigen Spruch. Und oft auch wünschte er Aussteigenden einen angenehmen und unfallfreien Heimweg. »Kommen Sie gut durch den Tag.« Oder: »Kommen Sie gut um die nächste Ecke.« Die Stammkundschaft wusste, er meinte die Hausecke. Aber es wurde immer wieder aufs Neue gelacht.

Der Dicke war ledig, hatte nie eine Frau gehabt, lebte mit seiner Mutter zusammen. Leider war sie vor zwei Jahren verstorben.

»Aber so ist es im Leben, wir alle müssen mal gehen«, sagte er zu seinen Kollegen, »das Leben geht immer weiter.«

Er blieb lustig und das half ihm, den Verlust seiner Mutter leichter zu ertragen. Außerdem hatte er noch eine Schwester; wenn er sie brauchte, war sie immer für ihn da, half, wo sie konnte. Oft wurde er am Wochenende zum Mittagessen eingeladen.

Eigentlich war er von Natur aus ein lustiger Mensch. Man sagte ihm nach, er hätte nur Blödsinn im Kopf. Dem Clown gefiel Ralf und er nahm sich vor, ihn demnächst zu Hause aufzusuchen.

Und das tat er dann auch. Ralf Grundmann hatte seine Frühschicht beendet und machte sich auf den Heimweg. Fünfzehn Minuten Gehweg und er war zu Hause. Davor kam er noch an seiner Stammkneipe vorbei. Zwei, drei Bierchen gönnte er sich immer nach der Frühschicht. Dann aber nach Hause. Er wohnte im ersten Stock eines Mehrfamilienhauses. Von der Treppe aus sah er schon jemanden vor seiner Wohnungstür stehen. Einen Clown.

Ralf Grundmann blieb kurz stehen und sagte: »Dich gibt es wirklich?« Ralf Grundmann hatte keine Angst vor dem Clown, denn er war ja immer lustig. »Tag und Nacht«, sagte er immer. Einmal meinte er zu einem Arbeitskollegen, »du kannst mich mitten in der Nacht wecken, ich werde lustig sein. Trübsal ist nicht mein Freund.« Nun fragte er den Clown: »Willst du zu mir?«

Dieser bejahte und der Dicke bat ihn freundlich in seine Wohnung. »Du musst schon entschuldigen, aber ich sage zu jedem Du. Hast du was dagegen?«

Der Clown lächelte und klopfte ihm auf die Schulter. »Du gefällst mir, Ralf. Unter Freunden duzt man sich.«

Sie nahmen im Wohnzimmer Platz; der Clown auf der Couch, Ralf in einem Sessel neben ihm.

»Was gibt es, warum suchst du mich auf?«

Und der Clown erzählte ihm, dass er ihn schon eine Weile beobachtet habe, und er würde gern sein Freund sein. Er bräuchte ab und zu mal eine gute Unterhaltung. Das Leben als Geist kann sehr eintönig und einsam sein.

»Ah, und deswegen bringst du Leute um, die nicht lustig sind. Hm, wenn ich jetzt darüber nachdenke, mein lieber neuer Freund, da muss ich dir recht geben.« Ralf Grundmann machte den Vorschlag, auf die neue Freundschaft anzustoßen. »Was wollen wir trinken?«

Was er da hätte, wollte der Clown wissen.

»Alles.«

»Na dann Sekt. Das sollte uns diese neue Freundschaft wert sein.«

Sie stießen an und Ralf sagte: »Du kannst Ralfi zu mir sagen, alle auf Arbeit sagen Ralfi zu mir.«

»Du kannst Steffen zu mir sagen oder aber auch Clown, es ist mir beides recht. Steffen war ich im richtigen Leben, jetzt, als Geist, bin ich der Clown.«

Ralfi wollte mehr über ihn erfahren, und er erzählte ihm sein ganzes Leben.

Am Schluss erfuhr Ralf Grundmann, dass der Clown nunmehr Arschlöcher ins Jenseits befördern wollte. »Aber du musst bei den Arschlöchern unterscheiden, mein lieber Freund Steffen, es gibt solche und solche.«

Der Clown schaute ihn fragend an.

»Sieh mal«, begann Ralfi seine Ausführungen, »ich bin ein Spaßvogel, treibe viel Unsinn, meistens mit meinen Arbeitskollegen. Einmal habe ich in der Kantine für einen Kollegen einen Kaffee mitgebracht. Er hatte mich gefragt, ob ich den mitbringen könnte, weil ich mir einen Orangensaft holen wollte. Klar, sagte ich, kein Problem. Und ich wusste, er nimmt immer zwei Stück Zucker und keine Sahne. Ich servierte ihm den Kaffee und bemerkte, Zucker hätte ich schon hineingetan. Als er dann den ersten Schluck, na ja, er prustete ihn geradewegs wieder heraus. Statt Zucker hatte ich ihm Salz in den Kaffee gegeben. Und dann sagte er zu mir, ich sein ein Arschloch und er musste selbst lachen. Er kannte mich und meine Späße. Er war mir nicht böse deswegen. Verstehst du, was ich sagen will? Es gibt diese gutmütigen Arschlöcher wie mich und dann die ekelhaften, die man nicht ertragen kann.«

Der Clown verstand vollkommen.

23. Triemers Tochter

Was bedeutete diese neue Mitteilung, er wäre ein Arschloch gewesen? Hatte der Clown sein Opferumfeld vergrößert? Es schien so. Das waren Triemers Gedanken und die seiner Kollegen.

Tja, was nun? Wie lange musste man diesen Clown noch ertragen? Wie lange lebten Geister? Eine gute Frage. Dass es sie gab, das war nun unbestritten. Zumindest diesen einen. Was tun? Was unternehmen? Nichts.

Markus Triemer blieb dabei. »Wir können nichts machen. Und ich bezweifle auch sehr, dass irgendeine höhere Instanz etwas gegen diesen Geisterclown unternehmen kann. Der macht mit uns, was er will. Wir können wirklich nur hoffen, wir bekommen ihn zu Gesicht, erschießen ihn, und dann, wie Wolfgang schon vorgeschlagen hat, legen wir ihn in Ketten. Eine andere Möglichkeit sehe ich nicht.«

Er verließ die Dienststelle, Frühdienst beendet. Gerade kam er aus dem Gebäude, da ertönte sein Handy.

Seine Tochter Sandra meldete sich: »Sag mal, Vati, was ist denn bei euch los? Ein Geist tötet wahllos Menschen? Wer glaubt denn so einen Scheiß? Kennst du eine Marina Löffler? Erzähl mal.«

Mit solch einem Anruf hatte er nicht gerechnet. Sandra wohnte einige hundert Kilometer weg, weiß denn die ganze Republik Bescheid? »Woher weißt du das?«

»Aus dem Internet. Social-Media, du weißt schon, Facebook und so. Aber die meisten halten es für Fake. Ich kann es auch nicht glauben. Aber heute erschien hier in der Regionalzeitung ein Artikel von einer Journalistin, die angeblich diesem Geist begegnet sei. Marina Löffler, kennst du sie?«

Triemer bejahte und teilte seiner Tochter mit, auch er sei dem Clown schon wahrhaftig begegnet.

Sie konnte es nicht fassen. »Und was macht ihr dagegen?«

Markus Triemer holte tief Luft und sagte: »Was kann man gegen Geister tun?«

Drei Sekunden Ruhe, dann die Antwort von Sandra: »Ich denke mal, nichts. Mein Gott, das kann doch nicht sein. Es gibt sie wirklich – Geister. Und dann noch Mördergeister. Bist du in Gefahr? Ich mach mir jetzt echt Sorgen um dich. Eigentlich wollten wir dich nächste Woche zu deinem Geburtstag besuchen. Melanie will dich auch wieder mal sehen.« Melanie war Triemers Enkeltochter. Sandra hatte eine Zahnarztpraxis und ihr Mann arbeitete als Zahntechniker im eigenen Labor.

»Ich glaube, momentan ist ein Besuch bei mir keine gute Idee. Aber vielleicht könnte ich es einrichten und komme zu euch?«

»Das ist eine gute Idee«, meinte Sandra. »Wir würden uns riesig freuen.«

24. Aufgeflogen

»Wo waren wir stehengeblieben? Ach ja, bei den Arschlöchern.« Der Clown erhob sich von seinem Stuhl und ging Richtung Hausbar. »Sie gestatten doch, mein Freund?«

Er gestattete. Und ja, er wolle auch ein Bier.

Wieder auf seinem Platz begann der Clown zu erzählen. »Ich habe ein sympathisches Arschloch kennengelernt. Einen etwas dicken Busfahrer. Ein sehr lustiger Kerl.« Daniel Wolf erfuhr alles von dem ersten Treffen bei Ralf Gundermann. »Heute Nachmittag saßen wir in einem Straßencafé. Ja, Sie haben richtig gehört, wir. Ich allerdings war unsichtbar. Ralfi und ich saßen nebeneinander an einem kleinen runden Tisch. Ich wollte ihm zeigen, was ich für Kräfte habe. Allerdings brauche ich wohl noch eine oder zwei Wochen, bis sich all meine Kräfte erholt haben und ich wieder richtig zuschlagen kann. Momentan reichen meine Kräfte nur für kleine Vorführungen. Und so eine wollte ich heute Ralf zeigen. Wir saßen also an einem kleinen Tisch, Ralfi hatte eine Tasse Kaffee vor sich stehen, und wir redeten leise über Arschlöcher. Mein neuer dicker Freund zeigte mit dem Finger über den Marktplatz zum Rathaus hin und meinte, dort drinnen gibt es eine

Menge von denen. Wir lachten, aber leise. Und ich sagte zu ihm, behalte die große Eingangstür im Auge. Die wird in drei bis fünf Minuten auf die Straße fliegen. Und was soll ich sagen, Daniel? Es hat nur zwei Minuten gedauert, da flog die Tür aus den Angeln und knallte drei Meter weit auf die Straße hinaus. Ein älterer Mann ging an der Tür des Rathauses vorbei. Der hatte echt Glück. Wäre er zwei Sekunden später gewesen, die Tür hätte ihn garantiert erschlagen. Aber so hörte er es nur hinter sich knallen, drehte sich um, sah die Tür auf der Straße, dann den türlosen Eingang vom Rathaus, schüttelte den Kopf und ging weiter.«

Als der Clown endete, ging die Tür auf und Daniels Mutter stand im Raum. Da blieb keine Zeit mehr, sich unsichtbar zu machen.

Wie erstarrt stand Daniels Mutter im Zimmer, zeigte auf den Clown und fragte: »Wer, wer … wer ist das? Ist er das?« Sie wollte eine Antwort von ihrem Sohn.

Der wusste aber nicht mit dieser neuen Situation umzugehen.

Der Clown erhob sich und sagte zu Daniel: »Das ist jetzt eine Familiensache, da halte ich mich raus. Ich hoffe, mein Freund, Sie tun das Richtige für sich und Ihre Eltern.« Kaum hatte er es gesprochen, schon löste er sich in Luft auf.

Renate Wolf hatte weiche Knie bekommen, sie musste sich setzen. Ihr Herz schlug schneller als sonst und sie wusste nicht, was sie sagen sollte.

Daniel befand sich in keiner besseren Verfassung. Wie sollte er das alles seiner Mutter erklären? »Wieso musstest du gerade heute und jetzt hier hereinkommen? Du kommst abends nie zu mir.«

»Na, entschuldige, ich wollte aus der Küche etwas zu trinken holen und plötzlich hörte ich aus deinem Zimmer Stimmen. Ich hatte aber keinen an der Tür läuten gehört. Na ja, dachte ich, schau ich mal zum Daniel rein.«

»Mist, das ist wirklich Mist. Das hätte nicht passieren sollen.« Und dann blieb Daniel keine Wahl und er erzählte seiner Mutter alles. Wie er zum ersten Mal Besuch von dem Clown erhalten hatte, wie der ihn aus seiner Schreibblockade rettete. Und schließlich die Erkenntnis, dass dies sein größter Bestseller werden könnte.

»Der Clown ist ein Mörder«, warf ihm die Mutter vor, »der Clown ist ein Massenmörder. Wie kannst du nur mit einem Mörder zusammenarbeiten?«

»Mutter, er ist kein Mensch, er ist ein Geist. Was sollte ich tun? Ich steckte in einer Schreibkrise, also sagte ich zu. Und ich war auch froh, dass er mich auserwählt hatte. Als Mensch hat er es nicht leicht gehabt. Ich werde dich jetzt das Manuskript lesen lassen. Aber es ist zu spät, dem Clown eine Absage zu erteilen. Er könnte sich an mir und euch rächen. Ich bitte dich, behalte das für dich, kein Wort über den Clown, zu keinem Menschen, nicht jetzt. Das muss ein Geheimnis bleiben, bis das Buch fertig ist. Dann erfährt es sowieso die ganze Welt.«

25. Ein Plan

Wieder bei seiner Hilde, erzählte der Clown ihr, was bei Daniel Wolf passiert war. »Die stand so schnell im Zimmer, es war unmöglich, mich noch unsichtbar zu machen. Egal, ich muss mich nicht herausreden, das ist alleinige Sache von Daniel Wolf. Aber ich will nicht, dass sie die Polizei verständigen, denn das könnte mein Projekt mit dem Buch gefährden.«

Hilde hatte auch etwas zu berichten, und zwar über Ewald. »Der ahnt etwas. Spricht der mich doch heute auf der Treppe an, warum ich immer so vergnügt wäre und oft ein Liedchen pfeifen würde. Früher wäre ich so ruhig gewesen, hätte nur Trübsal geblasen. Allerdings, sagte er, da wäre ihm eingefallen, ich hätte mal Besuch von einem Clown bekommen, der mit mir getanzt hatte und so lustig gewesen sei. Ist er wieder da? Kommt der jeden Tag zu dir? Ach, nein, schlimmer, der wohnt bei dir und ihr vögelt jede Nacht? Ich habe ihm dann den Vogel gezeigt und bin meiner Wege gegangen.«

Das gefiel dem Clown überhaupt nicht.

»Er wird uns beiden lästig, stimmt's?«, fragte sie.

»Sehr lästig, ja.«

Ernst sahen sie sich an.

Dann sagte Hilde: »Wenn es denn sein muss, mein Lieber, dann solltest du es tun. Schade, dass er so ein Stinkstiefel geworden ist.«

Der Clown nickte, gab ihr einen Kuss auf die Wange und äußerte sich dahingehend, es wäre für ihre Liebe das Beste. »Ich habe sogar schon einen Plan. Keiner wird dich oder jemand anderen hier im Haus mit seinem Ableben in Verbindung bringen.«

Am Morgen war sein erster Weg ins Rathaus. Dort besorgte er sich ein amtliches Blatt Briefpapier. Wieder bei Hilde, setzte er sich an ihren Computer und verfasste ein amtliches Schreiben an Herrn Ewald Braun.

Danach besuchte er Familie Wolf. Aus der Küche hörte er Herrn Wolf laut herumschreien. Seine Frau hatte ihm gestern Abend nichts erzählt. Ihr Junge hatte ihr abgeraten, er kannte seinen Vater.

Aber heute früh, gleich nach dem Frühstück, hatte sie ihrem Mann alles erzählt. Sie musste es tun. Sie kam mit dieser irrealen Situation allein nicht klar, sie brauchte jemanden an ihrer Seite, jemanden, dem sie vertrauen konnte, der sie unterstützte, ihr beistand, sie tröstete … und das alles konnte nur ihr Mann.

Doch der war wie aus dem Häuschen.

»Was bildet sich denn dieser Clown nur ein? Und du, Daniel, wie konntest du nur? Was ist zu tun? Ich werde wohl die Polizei verständigen.«

Und plötzlich stand der Clown vor ihnen und es wurde mucksmäuschenstill.

Eben noch hatte Manfred Wolf große Töne gespuckt, im nächsten Moment saß er kleinlaut auf dem Stuhl und starrte den Clown an, so, als wäre der ein Geist. Und da hatte er eigentlich recht.

»Stellen wir mal eines klar, liebe Familie Wolf, keiner von euch wird zu irgendjemandem ein Wort über mich verlieren. Und die Polizei lassen wir auch aus dem Spiel. Was glauben Sie denn, was die gegen mich ausrichten könnten? Ich sage es Ihnen, nichts. Wie sollten die denn einen Geist bekämpfen? Wissen Sie es?« Der Clown schaute Herrn Wolf an. »Wissen Sie es, Herr Wolf?«

Zaghaft antwortete er mit einem »Nein.«

»Verstehen Sie mich nicht falsch, ich habe keine Angst vor der Polizei. Es geht mir nur um das Buch, das Ihr Junge für mich schreibt. Sollte die Polizei davon erfahren, ich denke mal, die würden Ihr Haus und die Wohnung überwachen und ich könnte mit Ihren Sohn nicht weiter an dem Buch arbeiten. Und das würde mich sehr wütend machen. Und in meiner Wut tue ich fürchterliche Dinge. Ich würde Sie alle drei bestrafen müssen. Haben wir uns jetzt verstanden?«

Ja, hatten sie, alle drei.

»Dann verabschiede ich mich wieder. Und nicht vergessen, zu keinem Menschen ein Wort. Zu keinem.«

Der Dicke hatte heute Spätschicht, der Clown suchte ihn am Vormittag auf.

»Hast du morgen Vormittag frei?«

Der Dicke nickte. »Ich habe morgen den ganzen Tag frei.«

Der Clown lächelte.

»Du führst was im Schilde?«

»Sei ab zehn Uhr vorm Rathaus.«

Der Dicke meinte: »Das war letztens kein Spaß? Du willst das wirklich tun?«

Der Clown nickte.

»Ich kann das nicht glauben. Oh Mann, wenn das klappt, was für ein Schauspiel. Okay, mein Freund, ich bin pünktlich da. Ich versuch, wieder am selben Tisch zu sitzen, ich halte dir den Stuhl frei.«

Als Ewald Braun an diesem Tag seinen Briefkasten leerte, fand er unter all dem Werbescheiß einen Brief der Stadtverwaltung.

Nanu, was wollen die denn von mir, dachte er und machte sich wieder auf den Weg in seine Wohnung. Dort setzte er sich an den Küchentisch und öffnet das Kuvert. Und dann staunte er nicht schlecht, was er zu lesen bekam.

Er bekäme als Opfer des Clowns (Tod der Frau) eine finanzielle Vergütung für die Bestattungskosten. Er möge sie bitte am nächsten Tag in der Zeit von zehn bis zwölf Uhr im Zimmer 212 in Empfang nehmen. Den

Brief und den Personalausweis solle er bitte mitbringen. Ewald war sehr erfreut. Endlich mal ein angenehmer Behördenbrief. Tja, manchmal geschehen halt Wunder, so seine Gedanken. Ewald hatte den ganzen Tag gute Laune.

26. Schlag auf Schlag

Donnerstag, 1. August.

Der Dicke saß schon da, eine Tasse Kaffee stand auf dem kleinen runden Tisch und er schaute hinüber zum Rathaus, das eine neue Eingangstür erhalten hatte.

Der Clown setzte sich unsichtbar auf den freien Stuhl und grüßte seinen dicken Freund.

»Du wirst es heute wirklich tun? Du meinst, du kannst es?«

Der Clown nickte, merkte aber sogleich, dass Ralfi ihn nicht sehen konnte. »Hundertpro, mein Freund, hundertpro.«

Fünf Minuten Schweigen folgte.

»Da kommt er ja schon, Ralfi, siehst du ihn, links, den alten Mann, das ist Ewald, das Arschloch.«

Kaum hatte der das Rathaus betreten, setzte der Clown seine mystischen Kräfte in Bewegung. Und er hatte sich nicht getäuscht, es war leichter als damals bei den Niemüllers. Anscheinend wurde es jedes Mal leichter für ihn. Klar, er müsste es öfters tun, dann würde es letztendlich ein Kinderspiel.

Diesmal dauerte es nur zweieinhalb Minuten, dann brach das Rathaus wie ein Kartenhaus zusammen. Der ganze Marktplatz war in einer Staubwolke eingehüllt.

Man hörte menschliche Schreie, dann, wie auf Kommando, Totenstille. Nach einer Weile Sirenengeheul. Nach und nach verschwand die Staubwolke und man konnte das Ausmaß des Unheils erkennen.

Das Rathaus gab es nicht mehr. Da, wo es gestanden hatte, sah man jetzt einen einzigen Trümmerhaufen. Und wieder gab es einen Luftballon. Er schmückte den Schutthaufen und war an einer Schnur an einem Stein befestigt.

Der Clown hatte die Staubwolke ausgenutzt und den Luftballon platziert. Und selbstverständlich gab es darauf eine Nachricht: *Zu viele Arschlöcher im Gebäude.*

Triemer und Engelhardt hatten an diesem Tag Spätdienst, aber Baudisch musste unbedingt seinen Freund verständigen.

Markus Triemer konnte es nicht fassen, was erlaubt sich dieses Ekelpaket, was wird noch alles in dieser Stadt passieren? Was hat der denn für wahnsinnige Kräfte? »Volker, ich komme sofort zur Dienststelle.«

»Nein«, entgegnete Baudisch, »ich brauch dich jetzt nicht, komm du planmäßig zum Dienst. Ich wollte dir nur die Neuigkeit mitteilen. Wir können eh nichts gegen den Clown tun. Und um die Bergung der Toten und Rettung eventueller Verletzter kümmern sich ausgebildete Fachkräfte.« Gespräch beendet.

Die Stadt ohne Rathaus. All die Ratsmitglieder, Angestellte der Stadt, tja, eigentlich war die Stadt ab heute regierungslos. Markus schüttelte den Kopf, es war einfach nicht zu begreifen. Wäre nicht der Luftballon, könnte man auf einen statischen Fehler oder technische Baumängel tippen, aber so wusste man, es war der Clown gewesen. Dieser elendige Clown.

Markus schäumte vor Wut und rief Engelhardt an. Der ging aber nicht ans Handy. Gut, egal. Er hielt es nicht aus zu Hause, also auf zur Dienststelle. Er konnte jetzt nicht allein sein.

Bevor der Clown sich auf den Weg zum Rathaus gemacht hatte, war er bei den Wolfs aufgetaucht. Natürlich unsichtbar und leise. Und, als ob er es geahnt hätte, sein Gefühl hatte ihn nicht enttäuscht.

Sie saßen wieder am Frühstückstisch und der Junge meinte zu seinem Vater, er hätte es Regine nicht sagen sollen.

»Warum nicht, sie ist deine Schwester und gehört zur Familie. Und du hast es gestern mitbekommen, sie hat sofort gemerkt, dass mit uns etwas nicht stimmt.«

Regine war am Nachmittag mal kurz vorbeigekommen und hatte gemerkt, dass eine gedrückte Stimmung herrschte. Sie bohrte eindringlich nach, was denn vorgefallen sei. Dem Vater blieb nichts übrig und er erzählte seiner Tochter, was passiert war.

Der Clown wusste nun, dass Herr Wolf senior sein Wort gebrochen hatte. Wer nicht hört, muss fühlen, dachte der Clown und verschwand wieder. Er musste ja eine schwierige Aufgabe erledigen. Nachdem das Rathaus in Trümmern lag, kam er wieder und fand Manfred Wolf im Vorgarten. Er war dabei, den Plattenweg von Grasbewuchs zu befreien. Eine Arbeit, die wirklich keinen Spaß machte.

Der Clown befreite ihn von seinen Strapazen. Allerdings auf eine unschöne Art. Die nächsten sechs Wochen musste Manfred Wolf in einer Klinik verbringen, denn Steffen hatte ihm Unter- und Oberkiefer gebrochen. An der Türklinke der Haustür hing ein Luftballon mit der Aufschrift: *Er konnte seinen Mund nicht halten.*

Engelhardt war nicht zum Dienst erschienen. Auch telefonisch war er nicht zu erreichen. Seine Kollegen machten sich ernsthafte Sorgen. Hatte der Clown heute seinen Tag? Erst der Einsturz vom Rathaus, dann diese grausige Tat an Herrn Wolf. Das Krankenhaus hatte natürlich die schwere Verletzung Herrn Wolfs der Polizei gemeldet, denn die gesamte Familie hatte sich dem Arzt gegenüber in widersprüchlichen und unglaubwürdigen Äußerungen verstrickt. Da musste etwas Schreckliches passiert sein. Da hatte jemand ganz schön zugeschlagen, eine andere Erklärung gab es nicht. Doch der Patient wollte keine weiteren Angaben machen. Er wäre ungünstig gefallen.

Einer der Polizisten sah es Frau Wolf an, sie stand unter Schock und litt unter Angstzuständen. »Frau Wolf, ich sehe es Ihnen an, ich stelle Ihnen jetzt nur eine Frage: War es der Clown?«

Renate Wolf nickte.

Zwei Stunden waren vergangen, Engelhardt fehlte immer noch. Triemer fuhr zu ihm. Vielleicht war ihm was zugestoßen und er brauchte Hilfe.

Scheiße, Scheiße, dachte Markus, Wölfi war noch nie zu spät zum Dienst gekommen. Und wieso geht er nicht ans Handy? Da ist was passiert, garantiert.

Er fuhr wie ein Wilder durch die Stadt. Die Haustür des Mehrfamilienhauses war immer geöffnet, Triemer lief hastig hinauf in den zweiten Stock, klingelte und trommelte gegen die Tür. Es dauerte nicht lange, die Tür öffnete sich und Ina, Engelhardts Tochter, fragte ganz erstaunt, warum er denn so einen Krach mache?

Für einen Moment war er sprachlos. »Wo ist dein Vater?«

Ina sah ihn fragend an. »Ist er nicht auf der Arbeit?« Sie bat ihn in die Wohnung.

»Er geht nicht ans Telefon und ist nicht zur Arbeit erschienen.«

Nachdem der Clown seine Wut an Manfred Wolf ausgelassen hatte, fand er sich bei Ralfi ein. Der Dicke und er stießen mit einer Flasche Bier an und freuten sich über den heutigen Clou mit dem Rathaus. Dann erzählte Steffen Ralfi die Sache mit Manfred Wolf.

»Wow, was für ein Tag. Die Stadt steht Kopf. Herrlich. Und der Wolf, auweia, der wird Schmerzen haben. Sag mal, mein Freund, du hast ja wirklich Superkräfte. Also, ich habe es nicht so richtig geglaubt, das ganze Rathaus, aber jetzt war ich Zeuge, einfach herrlich.«

Und sie tranken einen Schluck Bier aus der Flasche.

»Du«, sagte Ralfi dann, »ich komme mit meinen Kollegen gut aus, aber einen hab ich, das ist ein riesengroßes Arschloch.«

»Ah, ich verstehe, ich soll mich um ihn kümmern?«

»Ja, würdest du?«

»Ralfi, du bist mein Freund. Natürlich werde ich.«

Und da der Dicke heute seinen freien Tag hatte, tranken die beiden noch ein paar Flaschen, lachten viel und heckten einen neuen Plan aus.

Am Abend, selber Tag.

Gegen neunzehn Uhr erhielt Markus einen Anruf. »Hallo, Kommissar, machen Sie sich Sorgen um Ihren Freund?«

Er wusste sofort, wer der Anrufer war. Am liebsten hätte er ihn angeschrien, zum Teufel gewünscht; aber wie es aussah, war er mit dem Teufel im Bunde. Also riss er sich zusammen und versuchte, ruhig zu erscheinen. »Was haben Sie mit ihm gemacht?«

»Er lebt. Sie finden ihn in seinem Keller.« Dann war die Verbindung unterbrochen.

Sofort rief er Ina an, sagte ihr Bescheid und fuhr mit noch einem Kollegen zu Engelhardts Wohnung. Ina hatte ihren Vater schon befreit.

Als Ina morgens das Haus verlassen hatte, stand plötzlich der Clown in Engelhardts Wohnung, hatte dessen Pistole in der Hand und befahl ihm, in den Keller zu gehen. Im Stiegenhaus war er unsichtbar; ihn durfte kein Hausbewohner zu Gesicht bekommen. Im Keller kettete er ihn dann mit Handschellen an die Gitterstäbe der Kellertür, denn Engelhardt hatte ja vorgehabt, ihn für ewig irgendwo anzuketten. Ein Klebestreifen auf dem Mund verhinderte Hilfeschreie. Natürlich könnte er Glück haben und ein Mieter käme wenige Minuten später in den Keller und würde ihn entdecken, aber leider hatte an diesem Tag keine Menschenseele das Verlangen, in den Keller zu gehen.

Das Handy lag auf dem Fußboden, ausgeschaltet. Unter dem Handy ein Zettel vom Clown. Die Nachricht lautete: *Das war nur eine Warnung. Mit dem Tod Ihrer Frau habe ich Ihnen genug Leid zugeführt. Also seien Sie vernünftig und stellen die Aktivitäten gegen mich ein.*

Punkt zwanzig Uhr erschien der Clown bei Daniel Wolf. Der saß im Rollstuhl am Tisch, in der Hand ein Schnapsglas, und hing seinen Gedanken nach. Als er den Clown erblickte, brachte er zunächst kein Wort hervor. Er wusste nicht, was er sagen sollte. Er war wütend, gleichzeitig hatte er aber auch Angst. Der Clown schien unberechenbar zu sein. Was sagen? Und nicht im Ton vergreifen.

Der Clown unterbrach ihn in seinen Gedankengängen. »Die Sitzung heute fällt aus. Ich denke, Sie sind heute nicht in der Lage dazu. Und ich selbst bin heute zu gut gelaunt, um an dem Buch zu arbeiten. Ich hoffe aber, Ihnen ist nun endgültig klar geworden, wer hier das Sagen hat. Wer meine Anordnungen missachtet, der hat mit einer harten Strafe zu rechnen. Ist das jetzt klar, mein Freund?«

Was blieb Daniel Wolf übrig, ein kurzes Nicken war alles.

»Ich schau morgen Abend vorbei, mal sehen, in welcher Verfassung Sie sich morgen befinden. Trinken Sie nicht zu viel, mein Freund, damit ändern Sie nichts.« Und weg war er.

Hilde war stolz auf ihren Clown. »Was du für Kräfte hast, mein Lieber, das ganze Rathaus? Und Ewald war dabei. Schade um ihn, aber er hat es ja nicht anders gewollt, er hätte uns in Ruhe lassen sollen. Aber nein, er musste nerven.«

Der Clown bestätigte, ja, das war heute ein wundervoller Tag. Ewald weg, das Rathaus eingestürzt, dem Herrn Wolf einen Platz im Krankenhaus verschafft und den Engelhardt im eigenen Keller eingesperrt. Ein herrlicher Tag. »Aber ein Problem habe ich noch. Oder wir. Deine Tochter.«

Hilde sah ihren Freund fragend an. »Die Christine? Was hat sie dir denn getan? Du darfst ihr nichts tun, sie ist meine Tochter.«

27. Geldgeschenk

Nach dem tödlichen Unfall in der Druckerei rief Christine abends ihre Mutter an und berichtete ihr davon. Danach kam sie wieder auf den Freund ihrer Mutter zu sprechen.

Hilde gab zu, einen Verehrer zu haben. »Ja, und manchmal schläft er auch bei mir. Er möchte aber unbekannt bleiben.«

Christine protestierte, wo gäbe es denn so was. »Ich möchte wissen, mit welchem Kerl sich meine Mutter eingelassen hat. Sag ihm das. Ich werde ihm schon nicht den Kopf abreißen.«

Sie einigten sich auf ein Irgendwann. »Aber nicht irgendwann in Jahrzehnten, Mama.«

Nachdem Hilde von ihm erfahren hatte, dass er ihrer Tochter nichts tun würde, im Gegenteil, er wolle doch nur helfen, war ihr ein Stein vom Herzen gefallen. Für einen Moment hatte sie wirklich gedacht … na ja, vergessen. Allerdings müsse der Clown mit Christine Kontakt aufnehmen. Ob Christine es verkraften würde, dass er dieser Clown war? Hilde hatte Bedenken, aber sie wusste auch, ihre Tochter würde nie Ruhe geben, bis sie ihren Freund kannte. Also, die Stunde der Wahrheit war gekommen, da mussten sie jetzt durch.

Über dieses Irgendwann waren sich Steffen und Hilde einig, es sollte gleich sein.

Sofort am nächsten Morgen rief Hilde ihre Tochter an. »Kannst du zum Frühstück kommen? Er möchte dich gern sehen und hat eine Überraschung für dich.«

Der Frühstückstisch war gedeckt und punkt acht Uhr traf Christine ein.

Ein kurzes »Guten Morgen« und schon stürmte sie in die Wohnung, aber sie sah keinen Mann. Sie drehte sich zu ihrer Mutter um: »Wo ist er?«

Hilde bat sie erst mal Platz zu nehmen. Christine setzte sich und sah ihre Mutter fragend an. Hilde fand einfach nicht die richtigen Worte. Wie fange ich nur an? Wie wird sie reagieren?

»Nun sag schon«, forderte Christine. »Hat er sich schon wieder aus dem Staub gemacht?«

Hilde fühlte sich einer Ohnmacht nahe. Am liebsten wäre sie jetzt weit weg von hier. Aber sie musste jetzt Farbe bekennen und ihrer Tochter reinen Wein einschenken. Sie holte tief Luft und sagte: »Christine, was ich dir jetzt anvertraue, ich habe keine Ahnung, wie du es aufnehmen wirst, wie du es verkraften wirst, aber er ist nicht so wie sie alle erzählen.«

Christine sah ihre Mutter mit gerunzelter Stirn an. »Was willst du mir eigentlich erzählen? Komme zum Punkt, lass die Einleitung weg, dann hast du es schneller hinter dir.«

Stimmt, dachte Hilde, sag es einfach frei heraus. »Also, mein Freund ist der Clown, von dem sie alle hier in der Stadt sprechen, und er will dir nichts Böses, im Gegenteil, er will dir helfen.« So, jetzt war es heraus. Gespannt schaute sie ihre Tochter an.

Und Christine schaute ihre Mutter an und wusste sichtlich nicht, was sie sagen sollte. Auch sie holte tief Luft. »Ist das ein Scherz oder habe ich mich verhört? Machst du dir einen Spaß mit mir?«

»Nein, Kind, das ist ernst gemeint.«

Christine schlug die flache Hand vor die Stirn. »Ja, natürlich, als ich letztens hier war, standen da zwei Kaffeetassen. Sie waren noch warm und dein Freund war weg … der hatte sich einfach in Luft aufgelöst.« Ach du Scheiße, dachte Christine, es stimmt also alles. Meine Mutter ist verrückt geworden. »Wo ist er? Neben mir? Hinter mir?«

Hilde brauchte nicht zu antworten, der Clown stand hinter ihr, hatte die Arme auf ihren Schultern und machte sich sichtbar.

Christines Augen weiteten sich und sie brachte kein Wort heraus.

»Ich grüße Sie und möchte Ihnen einiges erzählen.« Der Clown setzte sich neben Hilde, die am Tisch ihrer Tochter gegenüber saß. Christine hatte immer noch kein Wort hervorgebracht.

»Darf ich beginnen?«, fragte der Clown.

Christine nickte nur.

Und so erzählte der Clown von seinem Besuch in der Druckerei und dass er es gewesen war, der ihren lästigen Mitarbeiter, diesen Rolf Fuhrmann, wenn auch nicht mit Absicht, in den Tod befördert hatte. »Und ich habe Sie auch belauscht und wusste daher, dass Sie froh sind, diesen Kerl los zu sein. Das hat mich, ehrlich gesagt, sehr amüsiert. Und da Sie die Tochter von Hilde sind, na, da gehört es sich doch, dass ich wegen der defekten Druckmaschine helfen möchte. Ich kann das auch, allerdings ganz so einfach wird es wohl nicht, deshalb wollte ich gern mit Ihnen reden.«

Jetzt war Christine aber baff. Sie regte sich nicht auf, dass ihre Mutter und dieser Clown sich im Bett vergnügten, nein, sie war angenehm überrascht, dass der ihr helfen wollte. Ihre Mutter und der Clown – ein Paar?

Okay, das war im Moment egal, darüber musste sie später nachdenken. Das war jetzt eh alles zu viel für sie. Das konnte sie nicht so schnell verarbeiten. Aber der will mir helfen, dachte sie. Also kann er doch nicht so ein schlechter Kerl sein.

»Geld zu beschaffen für die Druckmaschine ist nicht das Problem, ich komme doch in jede Bank. Aber ich glaube nicht, dass man solch einen Kauf mit Bargeld tätigt, habe ich recht?«

Christine machte jetzt zum ersten Mal den Mund auf. »Ja, richtig. So eine Offsetdruckmaschine kostet um die einhunderttausend und mehr.«

»Das zweite Problem wäre, wenn ich das Geld auf Ihr Betriebskonto überweise, dann stellt bestimmt irgendwann das Finanzamt Fragen.«

Christine stimmte zu. »Tja, es ist gut gemeint von Ihnen, aber ich brauche Ihre Hilfe nicht. Gestern war der Wartungsdienst bei mir, an der Maschine wurde ein Teil ausgewechselt, jetzt ist sie wieder okay.«

Der Clown erhob sich, ging ins Schlafzimmer und kam kurze Zeit später mit einer Reisetasche zurück. Er stellte sie auf den freien Stuhl neben Christine, öffnete ihn und sagte: »Das sind hunderttausend. Sagen wir, als Rücklage für unvorhergesehene Ereignisse.« Er setzte sich wieder und Christine wusste nicht, was sie sagen sollte.

Dann fragte sie leise: »Das ist gestohlen, ja?«

Steffen lächelte. »Nein, dieses Geld hier ist sauber. Es ist sozusagen gewaschen. Man behauptet, die Geldinstitute registrieren die Seriennummern des Geldes. Falls es stimmt, habe ich vorsichtshalber das Geld von den Banken gegen die Einnahmen des Spielcasinos umgetauscht. Also dieses Geld hier kann man bedenkenlos ausgeben.«

Das Frühstück dauerte bis zum Mittagessen. Der Clown musste seine Geschichte erzählen. Sein Leben als Mensch und jetzt als Geist. Das interessierte Christine am meisten.

»Wenn es Geister gibt«, fragte sie, »wieso hat man noch keine gesehen? Bist du der einzige Geist?« Im

Laufe des Gespräches hatten sich die beiden auf das Du geeinigt. Hilde meinte lächelnd dazu, irgendwie gehöre er ja jetzt zur Familie. Ein wenig errötete sie dabei.

Der Clown konnte die Frage nicht beantworten.

»Und warum tötest du? Das ist doch schlimm, das tut man einfach nicht.« Andererseits konnte sie ihn verstehen; nach so einem unglücklichen Leben, ja, da entwickelt man leicht Rachegefühle. »Aber«, sagte Christine dann, »wie wäre es, wenn du die Seiten wechseln würdest? Der Polizei helfen, dann würdest du was Gutes tun.«

»Das ist doch langweilig, Christine. Ich soll für die Polizei die Täter suchen, dingfest machen und die stecken sich die Lorbeeren an? Da ist kein Kick dabei. Nein, nein, ich brauch in diesem geisterhaften Dasein meine Unterhaltung.«

Fazit dieses Vormittags war, der Clown hatte eine weitere Bewunderin gefunden. Wie ihre Mutter hielt Christine zu ihm, konnte ihn verstehen. Ja, er tat ihr wirklich leid. Erst dieses beschissene Zirkusleben unter der strengen Hand des Vaters und jetzt ein Dasein als Geist, was auch nicht gerade von Vorteil war.

Am späten Nachmittag rief Christine ihre Mutter an. »Du, ich habe eine Idee. Wir können uns doch mit dem Clown nirgends blicken lassen. Also lade ich euch zu mir nach Hause ein. Vielleicht gleich morgen? Am

Abend? Ich koche was für uns und wir genehmigen uns einen guten Wein? So eine Art Dankeschön für das viele Geld.«

Hilde fragte Steffen.

»Oh, morgen Abend war ich eigentlich mit meinem Freund verabredet.«

»Dem Schriftsteller?«

»Nein, der ist kein Freund im eigentlichen Sinne. Ich habe jemand kennengelernt, der ist so lustig drauf und wir trinken gern ein Bier zusammen. Ich habe ihn sogar mitgenommen, als ich das Rathaus zusammenstürzen ließ.«

Die Diskussion ging hin und her, schließlich sagte Christine: »Bring ihn einfach mit.«

28. Ausgeliefert

Chaos in der Stadt. Als das Rathaus einstürzte, befand sich der erst vor Kurzem neu gewählte Bürgermeister auf einer Dienstreise in die Landeshauptstadt. Dort erreichte ihn auch die katastrophale Nachricht vom Einsturz des gesamten Rathausgebäudes und auch von dem Luftballon.

Da gab es keine Fragen mehr; dieser verdammte Clown. Die Stadt hatte einen Geist, dem sie auf Gedeih und Verderb ausgeliefert war. Was konnten sie unternehmen? Auch die Herren und Damen von der Landesregierung hatten keine Ahnung.

Man musste in der Stadt wieder von ganz vorn anfangen. Alle Dokumente, Urkunden, alles war vernichtet worden. Computer, alle kaputt. Alles musste neu beschafft werden. Die meisten Unterlagen waren hoffentlich in der Cloud gespeichert. Aber was nützte das? Die meisten Mitarbeiter lebten nicht mehr und mit ihnen waren auch die Passwörter gestorben.

Dem Bürgermeister graute. Er sah sich einer Mammutaufgabe gegenüber. Ihm fehlte nicht nur ein Gebäude, vor allem fehlten ihm die Mitarbeiter. Er hatte sich gefreut, als er zum Bürgermeister ernannt wurde, aber jetzt wäre er es am liebsten nicht mehr.

29. Die Verbindung

Triemer sollte sich um den Fall Wolf kümmern. »Volker, was soll der Unsinn, da steckt der Clown dahinter, da gibt es nichts zu ermitteln. Den können wir nicht verhaften.«

Baudisch stand am Fenster und seufzte. »Du hast zwar recht, aber wir können nicht einfach hier herumsitzen. Wir sind die Polizei.«

Triemer lief auf und ab, raufte sich die Haare und schrie wütend: »Wir sind aber nicht für Geister verantwortlich!«

Dann herrschte für einen Moment angespannte Stille im Büro.

Nach einer Weile, in ruhigem Ton, sagte Volker: »Das stimmt, Markus, aber denk mal an Engelhardts Idee. Und damit haben wir vielleicht eine Chance, den Clown zur Strecke zu bringen. Frau Wolf will sich zwar nicht weiter äußern, aber irgendeine Verbindung besteht zwischen denen und dem Clown. Die haben den irgendwie verärgert. Das müssen wir zunächst herausbekommen, danach können wir vielleicht weiter planen.«

Sie setzten sich und Triemer übernahm das Gespräch. »Okay, ich habe mir auch Gedanken über die

Wolfs gemacht. Der Junge ist Schriftsteller, vielleicht ist das die Verbindung?«

Volker Baudisch runzelte die Stirn. »Du denkst …«

»Ja, ich denke, der Clown lässt ihn seine Geschichte schreiben, quasi als Ghostwriter.« Über dieses Bonmot lachten beide einen Moment. Dann setzte Markus fort: »Irgendwas gefällt dem Clown nicht, ja, irgendwas missfällt ihm heftig.«

»Da könntest du recht haben«, meinte Baudisch.

Triemer hob die Arme. »Aber uns sind die Hände gebunden, wir können nichts unternehmen. Ich kann versuchen, mit Daniel Wolf zu reden, aber wenn er sich ebenfalls in Schweigen hüllt? Ich weiß nicht, einen Untersuchungsbeschluss werden wir nicht bekommen, oder? Schließlich ermitteln wir gegen einen Geist und nicht gegen eine tatverdächtige Person. Kein Richter wird uns grünes Licht geben. Und wenn doch, was sollte es helfen. Angenommen, wir finden auf seinem PC so eine Art Roman oder Tatsachenbericht über den Clown; das ist kein Verbrechen.«

Einen Moment schwiegen beide nachdenklich, dann antwortete Baudisch: »Wenn wir den Jungen auf unsere Seite kriegen würden, dann könnte er uns helfen, den Clown dingfest zu machen.«

Triemer überlegte, Baudisch erkannte es an seinen Stirnfalten. »Ach Scheiße, Volker. Ich schmeiße hin, ich hau ab. Wir beide können nicht mal sicher sein, ob genau jetzt in diesem Moment der Clown hier im Büro ist und unser Gespräch verfolgt. Was soll ich also mit diesem verdammten Schriftsteller für einen Plan aushecken, wenn der Clown uns dabei belauscht? Vergiss es.«

30. Karten offenlegen

Diesmal erschien der Clown bereits um neunzehn Uhr bei Daniel Wolf. Als Erstes schloss er die Tür ab. Da war er sicher, nicht von der Polizei überrascht zu werden.

»So, mein Freund. Wir müssen uns jetzt ernsthaft unterhalten, die Karten offen auf den Tisch legen.« Er ging zur Schrankwand, öffnete die Hausbar und nahm sich ein Bier. »Möchten Sie auch eins?«

Daniel wollte.

Der Clown reichte ihm eines und setzte sich auf einen Stuhl. Er trank einen Schluck aus der Flasche und wandte sich dann an Daniel: »Auch wenn ich ein Geist bin, kann ich nicht gleichzeitig an mehreren Orten sein. Also frage ich Sie jetzt, mein Freund, war die Polizei bei Ihnen? Wurden Sie befragt, vielleicht in Bezug auf unsere Arbeit? Sie sollen wissen, ich mag Sie wirklich und würde Ihnen nur ungern ein Leid zufügen. Also reden wir offen, wie es nun mit uns und dem Buch weitergehen soll.«

»Okay.« Daniel nahm einen kräftigen Schluck. »Ich habe lange nachgedacht, das gebe ich zu. Manchmal wollte ich hinschmeißen. Die vielen Toten, für die Sie verantwortlich sind; irgendwie fühlte ich mich eine

Zeit lang mitschuldig. Dann kam das Umdenken. Ein besseres Buch habe ich bisher nicht geschrieben. Es ist für mich halt etwas Neues, über wahre Begebenheiten zu schreiben. Über Tote, die es reell gegeben hat und ich persönlich den … entschuldigen Sie jetzt die Bezeichnung, aber eine andere fällt mir nicht ein … den Mörder kenne. Ja, das Gewissen machte mir Sorgen. Aber nach allen Überlegungen habe ich jetzt die Einstellung, ich arbeite sozusagen als Journalist. Ich agiere als Reporter und muss daher in meiner Berichterstattung neutral bleiben. Das ist für meine Karriere und für meine Familie gut.«

Der Clown lächelte sein Gegenüber an. »Sehr gut, mein Freund. Ich mag Sie wirklich. Wenn Sie es ernst meinen, dann lassen Sie uns wirklich Freunde sein.«

»Aber gern«, erwiderte Daniel.

»Also dann, auf Du«, sagte der Clown und sie stießen mit den Bierflaschen an.

»Die Polizei war bei mir, ein gewisser Triemer und noch einer.«

»Bestimmt der Engelhardt.«

»Ja, genau, jetzt erinnere ich mich. Der hieß Engelhardt. Die wollten mich aushorchen. Die vermuten, dass ich ein Buch über Sie, ich meine, über dich schreibe. Wie sie denn darauf kämen, habe ich gefragt und es abgestritten. Und dann haben sie versucht, mir ins Gewissen zu reden, wegen der Verletzungen meines Vaters. Ich sollte ihnen helfen, dich dingfest zu machen. Ich habe dann nur lauthals gelacht. Dann drohte dieser Engelhardt, meinen Computer zu beschlagnahmen. Na, sagte ich, versuchen Sie mal Ihr Glück, ob das irgendein Richter unterschreiben wird. Seit wann ist das Schreiben eines Romans verboten? Und mit was wollen Sie eine Beschlagnahme begründen? Um einen Geist zu fangen? Ist das Ihr Ernst? Wollen Sie sich wirklich lächerlich machen? Und dann haben sie sich verabschiedet.«

Der Clown lächelte wieder und war erstaunt über Daniel Wolf. Der Kerl war nicht auf den Mund gefallen.

Sie plauderten noch ein wenig über das Buch, wie lang es denn werden sollte. Ob es vielleicht einen zweiten Teil geben würde oder sogar einen dritten.

Zum Schluss, Steffen hatte sich schon von seinem Stuhl erhoben, meinte er noch: »Der nächste Schock für die Stadt wäre, ich würde den Stadtkurier anrufen und verkünden, dass dem Finanzamt das gleiche Schicksal wie dem Rathaus droht.« Der Clown war hocherfreut, dass Daniel ein Lächeln zeigte und als Zustimmung den Daumen nach oben hielt.

31. Ein Scheißtag

Samstag und Sonntag hatte Markus Triemer frei. Für die kommende Woche hatte er um Urlaub gebeten, denn seine Tochter und Enkelin wollten seinen Geburtstag mit ihm feiern. Zunächst war ja geplant, ihn zu besuchen, aber das kam für Markus nicht infrage; zu riskant, wegen des Clowns, wie er es mit seiner Tochter vor Kurzem am Telefon besprochen hatte. Baudisch genehmigte den Urlaub.

Er rief Freitag Abend seine Tochter an, gab Bescheid, dass er am anderen Tag kommen würde. Gerade war das Gespräch beendet, da bekam er einen Anruf.

Marina Löffler. »Gibt es etwas Neues wegen dem Clown? Existiert er immer noch? Dass mit dem Rathaus und meinem Nachfolger habe ich gehört, schrecklich alles. Die wollen mich zurückhaben als Chefredakteurin, aber ich bin doch nicht blöd. Wenn der nicht bald aus dem Verkehr gezogen wird, wie, weiß ich allerdings auch nicht, komme ich überhaupt nicht wieder zurück.«

»Leider nein«, antwortete er, »nichts Hoffnungsvolles.« Er erzählte ihr zwar von Engelhardts Plan, aber wie sollte man den Clown fangen, wenn der sich nicht sehen ließe?

Samstagmorgen acht Uhr fuhr Markus mit seinem Auto los, drei Stunden Fahrt standen ihm bevor. Zwanzig Minuten später befand er sich auf der Autobahn.

Fünf Minuten später hörte er die Stimme des Clowns. »Wo soll denn die Fahrt hingehen?«

Ruckartig drehte sich Triemer nach hinten. Dann schaute er wieder auf die Fahrbahn, fuhr rechts auf den Standstreifen. »Was wollen Sie von mir?«

Der Clown lächelte. »Ich bin halt neugierig, weiter nichts. Fahren Sie doch weiter.«

Triemer kochte vor Wut. Leider hatte er keine Waffe dabei. »Raus, verschwinde!«, schrie er den Clown an.

Der reagierte nicht, blieb regungslos sitzen, sagte kein Wort.

Was tun? Der versaut mir alles. Wie hasse ich diesen elendigen Kerl. Dann sagte er zu sich in Gedanken, ganz langsam: I c h b r i n g i h n u m.

Danach fuhr er weiter bis zur nächsten Abfahrt, doch kaum hatte er sie Richtung nach Hause genommen, war der Clown plötzlich verschwunden. Genauso gut konnte der immer noch unsichtbar anwesend sein. Triemer hätte am liebsten laut geschrien, aber das Vergnügen wollte er dem Clown nicht gönnen. Er blieb stumm, die ganze Fahrt.

Wieder daheim, rief er seine Tochter an.

Natürlich war die nicht begeistert, sah es aber ein. »So richtig kann ich mir das nicht vorstellen, Vati, ein Clown, beziehungsweise ein Geist, terrorisiert eine ganze Stadt und macht dir das Leben schwer. Als Außenstehende ist das nur schwer nachvollziehbar.«

»Ich weiß. Wir hören uns.«

Was anfangen mit dem Tag? Zehn Uhr. Abschalten. Die Wut im Alkohol ertränken.

Auf zur Stammkneipe. Dort blieb er bis kurz vor sechzehn Uhr. Der kurze Heimweg war diesmal länger als sonst, er hatte Schwierigkeiten, seine Beine unter Kontrolle zu behalten. Zum Glück stürzte er nicht, aber er war sternhagelvoll.

32. Mailverkehr

Daniel Wolf war nicht nur ein guter Schriftsteller, er konnte auch hervorragend schauspielern.

Schon nach einer Stunde, als er sich sicher war, dass der Clown wirklich verschwunden war, schrieb er eine SMS an Engelhardt. Der hatte ihm zuvor seine Visitenkarte gegeben; falls er sich entschließen sollte, doch etwas zu erzählen. Telefonieren traute er sich nicht, aber zu schreiben war unverdächtig. Obwohl er nicht wusste, wie er der Polizei helfen konnte, wäre er wenigstens nicht mehr allein mit seinem Gewissen, das ihm hin und wieder zu schaffen machte.

Engelhardt antwortete sofort und teilte ihm seine Mailadresse mit.

Sogleich schrieb Daniel ihm und gab zu, mit dem Clown in Verbindung zu stehen. Er schreibe sozusagen die Memoiren des Clowns, wenn man es so nennen kann. Er wisse aber nicht, wie er helfen könne, einen Geist zu besiegen.

Hierauf verriet Engelhardt seinen Plan. Obwohl er ein Polizist war, fragte er Daniel, ob er bereit wäre, den Clown zu erschießen. Es wäre schließlich kein Mord, denn juristisch gesehen sei der Clown bereits tot. Traue er sich das zu?

Daniel schrieb zurück, ja, denn der Clown müsse gestoppt werden. Das Morden würde sonst nie aufhören.

Ja, das stimmt, antwortete Engelhardt, *aber ich vermute, Sie haben noch nie eine Pistole in der Hand gehabt?*

Und zum großen Erstaunen schrieb Daniel Wolf: *Doch, hatte ich. Und ich habe auch schon geschossen. Vor ein paar Jahren durfte ich Ihren Schießstand, also den der Polizei, besuchen. Aus rein schriftstellerischer Neugierde. Als Kriminalschriftsteller wollte ich mehr über Pistolen erfahren. Und man hat mich auch mal schießen lassen. Aber wie komme ich an eine Pistole? Vor allem darf es der Clown nicht mitbekommen, ansonsten bin ich ein toter Mann.*

Gleich kam die Antwort: *Ja, das ist noch ein Problem. Da muss uns noch was einfallen. Ansonsten aber ist der Plan gut. Sie erschießen den Clown, ich warte vor dem Haus und werde anschließend mit noch zwei Kollegen den Toten entfernen.*

Seit der Clown seine Frau getötet hat, gab es für Engelhardt nur noch eins: Rache!

Meine Schwiegereltern wohnen auf dem Land, schrieb er weiter, *fünfzehn Kilometer von der Stadt entfernt. Die haben hinterm Haus ein riesengroßes Gartengrundstück. Ich und meine Schwiegereltern kauften zusammen einen Kesselwagen von der Bahn, der zum Verschrotten vorgesehen war. Der Wagen ist am Donnerstag geliefert worden. Dort hinein werde ich den toten Clown verfrachten und mit Händen und Füßen mittels Handschellen an die Wagenwand ketten. Sollte er dann, wie damals in der Pathologie, wieder als Geist erwachen, gäbe es garantiert kein Entrinnen für ihn. Ich kann mir nicht vorstellen, dass der Clown samt Kesselwagen davonfliegen würde.*

Daniel war begeistert. Das müsste klappen. Bliebe jetzt nur noch die Übergabe der Pistole.

Engelhardt versprach, er würde sich was einfallen lassen.

33. Freundschaftshilfe

Heiner Schlegel war ein schlanker Mann, achtzig Kilo, ein Meter fünfundachtzig groß, achtundvierzig Jahre alt, verheiratet und ein riesengroßes Arschloch.

Eigentlich stimmte das nicht, dies war aber die Meinung von Ralf Grundmann. Die Antipathie beruhte auf Gegenseitigkeit. Für Heiner Schlegel war der Dicke das Arschloch. Also ein Arschloch beschuldigte ein anderes Arschloch, ein Arschloch zu sein. Die beiden konnten sich von der ersten Begegnung an nicht leiden.

»Ich kann diesen Kerl nicht ausstehen, geschweige denn sehen. Schon seine Anwesenheit auf der Arbeit, nein, nur das Denken an ihn, oder wie jetzt das bloße Erzählen nervt mich. Kannst du mich verstehen? Da gerate ich in Wut.«

Der Clown hörte dem Dicken zu und verstand ihn sehr gut. Er musste an seinen Vater denken. Wie oft hatte er ihm den Tod gewünscht. Da gab es jetzt keine Überlegungen mehr, dieses Arschloch Schlegel musste weg. Der Dicke war sein bester Freund geworden, Freunde halfen einander. Und was dem Clown auch nicht entgangen war, wie es aussah, hatte sich sein Freund in Hildes Tochter Christine verliebt. Bei Christine hatte er die Schmetterlinge im Bauch geradezu gesehen, dieses Strahlen war eindeutig. Hilde hatte es auch bemerkt. Also gut, dachte der Clown, dann tue ich mal meinem Ralfi den Gefallen.

Schlegel fuhr am Montag früh die Tour über die Dörfer. Bei der dritten Fahrt hatte er eine Pause einzuhalten. Er parkte mit dem Bus auf einem Parkplatz am Rande eines Dorfes. Von diesem Parkplatz aus ging es auf einem Waldweg hinauf zu einer Burg. Zwei Personenwagen standen auf dem Platz, mehr nicht. Hier wollte Heiner Schlegel sein Wurstbrot essen, etwas Orangensaft trinken, eine Zigarette rauchen und dann zur Haltestelle fahren, die sich nur fünfhundert Meter entfernt vom Parkplatz befand. Er hatte gerade sein Brot gegessen, wollte zur Orangensaftflasche greifen, da geschah für ihn das Unmögliche.

Neben ihm stand ein Clown. Heiner wusste sofort, das war der Mörder-Clown. Kein Ton entfuhr seinem Mund und er wusste, das war es nun. Das war das Ende. Man hörte so oft, dass einem in Todesangst oder in der Gewissheit, der Tod nahte mit großen Schritten, das Leben nochmals Revue passierte. Die Zeit bekam Heiner Schlegel nicht. Durch einen gezielten Kopfschuss wurde seinem ohnehin unnützen Denken in Sekundenschnelle ein Ende gesetzt.

Zwanzig Minuten später. Drei Leute standen an der Haltestelle und warteten auf den Bus. Aber der rührte sich nicht vom Parkplatz weg. Warum kommt der Fahrer denn nicht, wurde diskutiert.

Zwei Damen um die Sechzig und ein Mann um die Vierzig machten sich auf den Weg zum Bus. Die Tür vorn war geöffnet, aber kein Busfahrer drin.

Der Mann stieg in den Bus und blieb wie erstarrt stehen. »Ach du Scheiße«, entfuhr es ihm.

Der Busfahrer lag im Gang des Busses auf dem Bauch, die Hose heruntergelassen, in seinem Hintern steckte ein Stöckchen, an dem ein Luftballon befestigt war. Darauf stand geschrieben: *Er war ein Arschloch.*

34. Daniel scheitert

Als am Montagabend der Clown Daniel Wolf erzählte, wie er den Busfahrer hergerichtet hatte, also mit dem Stöckchen und dem Luftballon, da musste er wirklich lachen, obwohl ihm überhaupt nicht danach war.

Am Wochenende und an diesem Montag fühlte er sich richtig schlecht, sein Gehirn hämmerte ihm ein, er wäre ein schlechter Kerl, nicht besser als der Clown. Daniel hatte Engelhardt nämlich verschwiegen, dass der Clown vorhatte, das Finanzamt ebenfalls dem Erdboden gleichzumachen. Hätte er es der Polizei mitgeteilt, und der Clown hätte es erfahren, dann wäre er aufgeflogen.

Steffen wüsste dann, dass Daniel ein falsches Spiel mit ihm trieb. Und das könnte seinen Tod bedeuten. Andererseits plagte ihn sein Gewissen, all die vielen Tote, die es gäbe, wenn der Clown seinen Plan wahr machen würde. Und er würde es tun, davon war Daniel überzeugt. Derlei Gedanken quälten ihn seit dem Mailwechsel mit Engelhardt.

Ein weiterer Grund seines Unwohlseins war, dass er den Clown heute erschießen sollte. Nun, nicht sollte, er wollte es. Er musste diesem ganzen Spuk ein Ende setzen, die Stadt retten.

Das Problem war, wie er unauffällig eine Pistole bekommen könnte. Es war immer damit zu rechnen, dass der Clown den Schriftsteller oder die Kriminalbeamten beobachtete.

Engelhardt hatte dann am Sonntag eine Idee. Alles verlief weiterhin schriftlich, über Mail oder WhatsApp. Dass der Clown dies mitbekommen könnte, war sehr unwahrscheinlich. Aber sicher konnte man nie sein. Jedoch schien es keine Alternative zu geben. Dieses kleine Risiko der Entdeckung mussten sie eingehen.

Engelhardt schickte einen befreundeten Polizisten aus der Sitte zu Daniel Wolfs Schwester Regine. Das dürfte nicht auffällig sein und, so waren die Überlegungen, der Clown hatte keinen Grund mehr, die Schwester zu überwachen. Auch dürfte der Beamte von der Sitte dem Clown nicht bekannt sein. Der übergab Regine in deren Wohnung die Pistole für ihren Bruder. Zuerst wollte Regine ihrem Bruder dies alles ausreden, aber letztendlich hatte sie eingesehen, dass nur ihr Bruder die Chance hatte, den Clown zu töten.

Sonntag Nachmittag stattete Regine ihrem Bruder einen Besuch ab, anschießend wollte sie ins Krankenhaus zu ihrem Vater. Ihre Mutter wollte dort auf sie warten. Möglich, dass der Clown auch dort war.

Engelhardt hatte zunächst die Idee gehabt, die Pistole im Krankenzimmer an Frau Wolf zu übergeben oder direkt an Daniel. Aber da war die Möglichkeit wirklich zu groß, vom Clown beobachtet zu werden. Da war die Idee mit der Schwester besser.

Als Regine bei ihrem Bruder eintraf, umarmte sie ihn und sie wechselten ein paar Worte. Dann verabschiedete sie sich gleich wieder, denn sie wollte ja zu ihrem Vater ins Krankenhaus. Daniel blieb an diesem Sonntag zu Hause, er hatte gestern seinen Krankenbesuch abgestattet. Es musste nicht jeden Tag sein, der Rollstuhl muss auch mal seinen freien Tag haben, hatte er zu seiner Mutter gesagt. Sie freute sich, dass Daniel seinen Humor wieder hatte. Auch wenn es heutzutage kein Problem war, mit dem Rollstuhl ins Krankenhaus zu gelangen, anstrengend war es dennoch. Jeden zweiten Tag, das reichte auch.

Regine ließ ihre Handtasche zurück, in der die Waffe war. Ihren Autoschlüssel hatte sie in der Hand behalten. Die Handtasche würde sie nach dem Krankenhausbesuch abholen.

Daniel wartete zehn Minuten, dann war er sicher, der Clown war nicht anwesend. Er öffnete die Handtasche, entnahm ihr die Pistole und versteckte sie sofort in der Schreibtischschublade.

Der Clown berichtete Daniel am Montagabend vom Busfahrer und sie lachten beide darüber.

Daniel dachte erleichtert, also weiß er nichts von der Pistole. Oder tut er nur so? Dann ging der Clown zur Hausbar, um zwei Flaschen Bier zu holen.

Das wäre der Augenblick gewesen, der passende Moment, den Geist von hinten zu erschießen. Aber Daniel brachte es nicht fertig. Er hätte nur schnell die Schreibtischschublade öffnen müssen, die bereits entsicherte Pistole herausnehmen, zielen und abdrücken. Ganz einfach.

Zumindest könnte es für einen Unbeteiligten einfach klingen. Für Daniel Wolf war es jedoch eine emotionale Herausforderung. Wie würde er sich entscheiden?

Der Clown überreichte Daniel eine Flasche Bier und sie tranken beide einen Schluck aus der Flasche.

Daniels Gehirn schlug wie ein Hammerwerk. Ich kann es nicht. Die beste Chance habe ich vergeben.

Er sitzt vor mir als Clown, aber ich sehe ihn als den Menschen Steffen. Er ist für mich jetzt im Moment kein Geist. Er sitzt mir gegenüber, wir unterhalten uns und trinken Bier. Wir sind Freunde geworden.

Okay, okay, andererseits ist er ein mörderisches Wesen. Er gehört aus dem Verkehr gezogen. Aber er sitzt mir gegenüber, lächelt ab und zu und erzählt mir aus seinem Leben. Ach, Scheiße, er erzählt aber auch von vielen Toten. Und es macht ihm Spaß zu töten. Er tötet, ohne mit der Wimper zu zucken. Keine Reue.

Verdammt, Daniel, tu es, bring ihn um. Aber jetzt, wo er mir gegenübersitzt, mich anschaut, nein, das kann ich nicht. Ich kann es nicht.

Heute nicht.

Vielleicht morgen. Ja, morgen Abend vielleicht.

Jetzt musste er ein anderes Problem zur Sprache bringen. »Wie schaut es aus mit dem Finanzamt?«

Der Clown erwiderte, »vielleicht morgen. Mal sehen, was mir morgen alles einfällt. Du kannst es wohl kaum erwarten?«

»Sagen wir mal, das Finanzamt ist eine überflüssige Einrichtung, die kann weg. Allerdings wäre es nicht schlecht, wenn du dein Vorhaben umsetzt, dass keine Leute mehr in dem Gebäude sind.«

Der Clown sah Daniel etwas argwöhnisch an. »Diese Leute sind Verbrecher, vergiss das nicht. Die haben kein Mitleid, dir das Geld aus der Tasche zu ziehen.«

Im Stillen musste Daniel ihm recht geben. Als Antwort griff er zur Bierflasche und sagte Prost.

Sie tranken das Bier aus, und da es heute nicht mehr viel zu erzählen gab, verabschiedete sich der Clown gegen einundzwanzig Uhr.

Draußen vor dem Haus der Familie Wolf entdeckte er ein Auto, das schon vor einer Stunde dort gestanden hatte. Das war zwar nichts Besonderes, aber wenn schon vor einer Stunde dort ein Mann im Auto saß und immer noch sitzt, fand Steffen schon recht auffällig.

35. Das Ende

Den ganzen Sonntagvormittag hatte Triemer seinen Rausch ausgeschlafen. Nachdem er wieder einigermaßen bei Sinnen war, rief er Engelhardt an und erzählte ihm, dass der Clown in seinem Auto gesessen hatte, und er deshalb nicht zu seiner Tochter gefahren war, das wäre zu riskant gewesen; wer weiß, was dieser Kerl ihr vielleicht angetan hätte, um ihn zu demütigen. Wolfgang hatte ihm daraufhin eine Mail geschrieben, in der er ihn über den Plan informierte.

Deshalb saß Triemer am Montagabend vor dem Haus der Wolfs im eigenen Auto, zwanzig Meter von Engelhardt entfernt auf der anderen Straßenseite. Triemer wusste zwar, dass Daniel Wolf den Clown erschießen wollte, aber er hatte seine Zweifel und war vorsichtig. Ständig schweifte seinen Blick vom Haus der Familie Wolf zu seinem Kollegen und zurück. Daher bekam er sofort mit, als vor Engelhardts Auto der Clown wie aus dem Nichts erschien. Er hatte eine Pistole in der Hand, riss die Fahrertür von Wolfgangs Auto auf, wollte auf ihn schießen. Aber Triemer war blitzschnell aus seinem Auto, rief den Namen seines Freundes. Der Clown drehte sich zu Triemer um, wollte auf ihn schießen, aber plötzlich hörten sie einen Knall, der Clown stürzte zu Boden und rührte sich nicht mehr.

Als sie sich suchend umblickten, erkannten sie den Schützen, er stand nur wenige Meter hinter dem Clown; es war der zwölfjährige David Niemüller!

»Bitte wundern Sie sich nicht«, sagte er, »und tun Sie, was ich Ihnen jetzt sage. Der Clown muss in den nächsten drei bis vier Stunden verbrannt werden, dann ist er wirklich tot. Sein Dasein als Geist hat für immer und ewig ein Ende. Besser wären drei Stunden. Also beeilen Sie sich.«

Triemer und Engelhardt wunderten sich über nichts mehr; noch ein Geist? Diesmal aber ein gutmütiger. Mein Gott, was für eine Welt!

Markus rief sofort Baudisch an, informierte ihn über das Geschehene und bat ihn, alles in die Wege zu leiten, damit man den Clown sofort im Krematorium verbrannte. Baudisch informierte den Bürgermeister, der leitete alles ein.

Zwei Stunden später lag der Clown im Ofen. Die Asche wurde später in alle Winde verstreut. Dieser Geist war für alle Zeiten gestorben.

36. Schlussworte

Thomas Bradler

»Was soll ich groß erzählen? Ich kann es einfach nicht fassen, dass es Geister geben soll. Aber alles spricht ja dafür. Diese Luftballons; und ich war zwei Mal am Tatort. Mir fehlen noch immer die Worte.«

Markus Triemer

»Ich habe viel durchgemacht, das können Sie mir glauben. Erst die Sache mit Blaufuß und dann die mit dem furchtbaren Clown, diesem mörderischen Geist. Wie würden Sie sich denn fühlen, wenn Sie plötzlich feststellen, die Welt ist nicht so, wie wir sie zu kennen glauben? Das Universum steckt noch voller Rätsel. Aber dass es Geister geben soll, nein, das hätte ich nie geglaubt. Und ich bin mir sicher, einige von Ihnen glauben es immer noch nicht.«

Volker Baudisch

»Ich kann mich nur den Worten von Markus Triemer anschließen. Was hier in unserer Stadt passiert ist, unvorstellbar. Aber es ist wirklich geschehen. Ich habe das alles noch nicht verarbeiten können. Äußerlich hat man mir das nicht angesehen, aber ich habe den Entschluss gefasst, ich lass mich pensionieren.«

Wolfgang Engelhardt

»Die letzten Tage waren die schlimmsten in meinem Leben, schlimmer kann es wohl nicht kommen. Ein Geist hat meine Frau getötet. Das muss man sich erst mal vorstellen, ein Geist! Als Kind habe ich mal an Geister geglaubt, aber doch nicht als Erwachsener. Wissen Sie, wie ich mir vorkomme? Was ich für eine Wut habe auf diesen gottverdammten Clown? In ein paar Tagen wird meine Frau beerdigt. Das wird nochmals ein schmerzvoller Tag werden. Danach fahren meine Tochter und ich in den Urlaub. Wir müssen auf andere Gedanken kommen, brauchen Tapetenwechsel und müssen Kräfte sammeln; denn das Leben geht weiter, auch wenn die Trauer … ach, es ist alles so traurig und ich versteh es immer noch nicht. Warum, warum? Abschließend noch ein Dankeschön an den neuen Bürgermeister. Der alte Kesselwagen im Garten meiner Schwiegereltern wird nicht mehr benötigt und er passt auch nicht dorthin. Die Stadt hat uns alle Unkosten, auch die für den Rücktransport, erstattet. Denn wir haben es doch eigentlich für die ganze Stadt getan.«

Daniel Wolf

»Ich habe sehr viel Zeit mit dem Clown, also Steffen, verbracht, kannte sein ganzes Leben und seine Zeit als Geist. Bestimmt denken einige Leser, ich bin ein Arschloch. Mag sein, vielleicht war ich eins oder bin es noch. Ich war zwiegespalten. Er hat mir schon leidgetan, dieser Clown. Sein wahres Leben war so beschissen, jedoch als Geist schien er sich wohlgefühlt zu haben. Aber all die Toten, ja, die haben mein Gewissen schwer belastet. Auf einer Seite dieser liebenswürdige Clown, der mir aus seinem Leben erzählte, mit dem ich etliche Flaschen Bier getrunken habe, und auf der anderen Seite all diese Toten. Dies alles zu verstehen ist nicht leicht. Und letztendlich habe ich ihm mein neues Buch zu verdanken. Eigentlich ein Tatsachenbericht, den ich als Roman verarbeitet habe. Ob ich ihn vermisse? Ganz ehrlich? Ein klein wenig. Hätte ich ihn nicht gemocht, hätte ich bestimmt geschossen. Vielleicht bin ich doch ein Arschloch.«

Ralf Grundmann (Ralfi, der Dicke)

»Was soll ich sagen, ich habe den Clown gemocht. Was haben wir zusammen getrunken und gelacht. Und er hat mir den Heiner Schlegel vom Hals geschafft und mir fünfzigtausend Euro geschenkt. Und ohne ihn hätte ich nie die Christine kennengelernt. Ich glaube, zwischen uns hat es gefunkt. Mehr habe ich nicht zu sagen. Ich werde ihn immer in guter Erinnerung behalten.«

Christine

»Zunächst war ich schockiert, konnte es nicht fassen; meine Mutter und dieser Clown. Also nein, ein Geist, und dazu noch zweiunddreißig Jahre jünger als meine Mutter, also das musste man erst mal verdauen. Die beiden im Bett, diese Vorstellung, schrecklich. Einfach nur schrecklich. Aber wenn man den Clown näher kennengelernt hat, war der gar nicht so schlimm. Er hat sogar Geld für eine neue Druckmaschine besorgt. Was für ein liebenswürdiger Mensch. Und wäre er nicht mit meiner Mutter zusammengekommen, ich hätte nie den Ralf kennengelernt. Der gefällt mir nämlich. Er strahlt so viel Lebensfreude aus, ist immer lustig und ich fühle mich in seiner Anwesenheit geborgen. Ich denke, er mag mich auch sehr.«

Hildegard

»Ich bin sehr traurig, können Sie das verstehen? Er hatte meinem tristen Dasein ein Ende bereitet. Mein Leben hatte wieder einen Sinn. Und dass ich noch mal Gefallen am Sex haben würde, also das habe ich mir nicht vorstellen können. Es war so schön mit meinem

Clown. Er war nicht immer bei mir, aber die Nächte gehörten uns. Und jetzt schlafe ich wieder allein, keine Liebe und Zärtlichkeit mehr vorm Einschlafen. Aber das wird sich ändern. Ich darf zu Hause nicht versauern. Ich muss wieder mehr unter die Leute, ich werde wieder öfters ausgehen. Ja, ich werde mir einen Mann angeln. Bumsen bis zum Ende.«

Marina Löffler

»Ich habe hier nur eine unbedeutende Nebenrolle gespielt. Das ist und war für mich kein Problem. Ärgerlich bin ich nur deswegen, dass der Autor mich nicht mit Markus Triemer zusammengebracht hat. Der gefällt mir nämlich. Schade.«

David Niemüller

»Fragen Sie mich nicht, wo ich hergekommen bin. Es war für mich wie ein tiefer Schlaf. Ich erwachte und eine sanfte Stimme sagte, ich könne mein Leben zurückbekommen, wenn ich etwas für die Menschen tue, denn der Gerechtigkeit muss Genüge getan werden. Plötzlich stand ich mit der Pistole auf der Straße, sah den Clown und wusste genau, was ich tun musste. Auch wusste ich, man muss ihn sofort verbrennen, damit er nicht wieder zu Kräften kommen kann. Sein Geistdasein wurde durch die Flammen beendet. Und ich weiß, dass ich mein Leben wieder habe, weil ich den Clown getötet habe. Meine Eltern bleiben tot, sie werden nicht wieder ins Leben zurückfinden. Das weiß ich alles, irgendetwas scheint es mir ins Gehirn geflüstert zu haben. Vielleicht ein Engel der Gerechtigkeit? Es tut mir leid um meine Eltern, aber ich muss nach vorn schauen, ich bin doch erst zwölf Jahre alt, mein Leben ist am Beginn. Ich werde beim Bruder meines Vaters, also bei meinem Onkel, ein neues Zuhause finden. Ich freue mich darauf. Mit meinen beiden Cousins, elf und dreizehn Jahre, verstehe ich mich bestens.«

Epilog

Fünf Jahre später. Sonntag, der 26. Mai 2024.

Marina Löffler arbeitet wieder als Chefredakteurin beim Stadtkurier, Markus Triemer hat die Stelle von Volker Baudisch bekommen. Seit zwei Jahren sind Markus und Marina verheiratet. Er hat seine Wohnung aufgegeben, denn Marina besitzt eine geräumige Eigentumswohnung.

Das Wochenende haben beide in einem Wellnessbad verbracht.

Gegen siebzehn Uhr sind sie wieder zu Hause. Marina öffnet die Wohnungstür und sie treten ein. Markus lässt den Koffer zu Boden fallen und schaut sie irritiert an, denn die Tür zum Wohnzimmer steht offen und der Fernsehapparat läuft.

Hatten sie vergessen, ihn auszuschalten? Nein, garantiert nicht.

Triemer hat ein Déjà-vu. Kein gutes Gefühl, das hat er doch schon mal erlebt mit dem eingeschalteten Fernseher. Aber es befindet sich niemand im Zimmer. An einer Tür der Schrankwand schwebt ein Luftballon. Auf ihm steht: *Ich bin wieder da.*

Weitere Bücher von Bernd Töpfer

Als E-Books und Taschenbücher zu beziehen bei Amazon.

10 Jahre Bernd Töpfer
Die besten unheimlichen Geschichten

Tot sein tut nicht weh oder Die unheimlichen Geschichten des Bernd Bernhard
Mein Name ist Bernd Bernhardt und ich bin ein Fantasieprodukt von Bernd Töpfer. Allerdings hat er mir echtes Leben eingehaucht und ich bin in seine Fußstapfen getreten. In diesem Buch finden Sie Geschichten, die teils erfunden, teils aber auch wirklich geschehen sind. Meine unheimlichen Geschichten führen Sie in eine Welt, die es nach menschlichem Ermessen nicht geben kann. Aber sind wir uns da wirklich so sicher?

Ein Dorf in Angst und Schrecken und andere unheimliche Geschichten
In der Titelgeschichte ist ein ganzes Dorf den Mordgelüsten eines Geistes ausgesetzt, ein Entkommen ist unmöglich. In weiteren Geschichten lesen Sie von einem sprechenden Schatten, von einem Clown, der

Luftballons verschenkt, auf denen man lesen kann: Sei lustig oder stirb – diese Geschichte lesen Sie hier in diesem Buch erweitert. Dann verschwindet mal ein ganzes Dorf, ein gutmütiger Mensch rastet aus, und auf einem Stoppelfeld machen Sie Bekanntschaft mit dem blanken Horror. Oft enden die Geschichten nicht so, wie man vermuten könnte; der Autor versteht es, seine Leser zu überraschen.

Manchmal endet es tödlich
(Zwei Bücher)

Teil 1
Bernd Töpfer beschreibt seine Geschichten selbst als sanften Horror. Er schreibt vom Gevatter Tod, von einer Fahrstuhlfahrt in eine andere Welt, von einem Professor aus dem Universum. Viele Erzählungen drehen sich um Raben, die eine wichtige Rolle spielen. Die Vögel benehmen sich mal gutartig, manchmal aber auch tödlich. Joachim Raeder, Kripobeamter aus Lübeck, schrieb: »Der Meister der unglaublichen Storys!«

Teil 2
In diesem Buch machen Sie Bekanntschaft mit einem mörderischen Ding, lesen von einigen Todesfällen, deren Ursache wahrscheinlich auf einem Fluch beruhen. Ein Achtunddreißigjähriger wird aus der JVA entlassen und trifft vor dem Gefängnistor einen kleinen

Jungen. Der Junge ist er selber, im Alter von acht Jahren. Im Wagen 21 eines ICE geht es nicht mit rechten Dingen zu. Dann erfährt man von einer Mutprobe im nächtlichen Wald, von einer unscheinbaren Tür in einem alten verlassenen Schrankenwärterhaus sowie von einigen Toten in der Nonnengasse, wo sich eine Katze verdächtig gemacht hat. Einundfünfzig spannende Geschichten, mit einem Ende, das man so nicht immer vermutet hat.

Hinterm Tunnel der Wahnsinn

Die ganze Geschichte. Nun habe ich's vollbracht und die ursprüngliche Erzählung (im Band DREH DICH NICHT UM) weitergesponnen. Auf der Reise nach Südtirol finden sich einige Leute nach dem Passieren eines Tunnels in einer anderen Welt wieder. Es könnte Amerika sein, aber nichts stimmt. Sie gelangen in eine Stadt, deren Straßen mit Autos zugeparkt sind, aber sie bekommen keine Menschenseele zu Gesicht. Die Stadt ist wie ausgestorben. Das heißt, nicht ganz, denn auf den Dächern der Häuser finden sich immer mehr mächtige Adler ein. Und dann entdecken die Reisenden Tote, an denen sich die Adler gütlich getan haben. Adler morden Menschen? Es gilt einige Abenteuer zu durchstehen. Abenteuer, bei denen auch ›Dirty Harry‹ alias Clint Eastwood eine interessante Rolle spielt. Die Protagonisten befinden sich in einem Albtraum. Am Ende stellen die Überlebenden der Gruppe fest: Ja, wir waren mutig. Oder einfach nur bekloppt. Spannend, gruselig und zugleich mit einer Prise Humor gewürzter Schauerroman.

Aus den Fugen geraten und Abgrundartig
Zwei Kurzromane

Aus den Fugen geraten.
Zwei Kleinganoven planen eine Entführung, die zwar gelingt, aber die gar nicht nach ihren Vorstellungen verläuft. Von der Entführten verlangen sie, sie solle ihren Mann anrufen und ihn unterrichten, er habe für ihre Freilassung zwei Millionen zu zahlen. Die Frau gibt jedoch an, keinen Mann zu haben. Auch sind auf ihrem Handy keine Telefonkontakte vorhanden, überhaupt keine. Das ist schon sehr ungewöhnlich. Dann gelingt der Frau die Flucht, und sie findet Zuflucht bei einem Schriftsteller, der in einem alten Forsthaus mitten im Wald wohnt. Alles Weitere entscheidet sich in diesem Haus.

Abgrundartig.
Als Kind verliert Micha durch einen dummen Unglücksfall seinen Zwillingsbruder Tommi. Dieser meldet sich nach zwölf Jahren zurück, im Gehirn von Micha, und wirkt mental auf ihn ein. Tommi hat abartige Ideen, die aber bei seinem Bruder anfangs Gehör und Zustimmung finden. Micha findet Gefallen daran, bei

anderen die Angst zu sehen, sie zu erforschen, zu studieren. Tommi will mehr als die Angst, er will den Tod der Menschen sehen. Eine Zeit lang hört Micha auf Tommi, aber dann kommen ihm Zweifel und er verdammt seinen Zwillingsbruder.

Dreh dich nicht um
22 unheimliche Geschichten
Ein Blinder, der mit Pfeil und Bogen tötet. Böse Gestalten, die aus einem Buch steigen und ihr Unwesen treiben. Ein Toter, der mit der Polizei telefoniert. Ein Tunnel, hinter dem der Wahnsinn wartet. Dreh dich nicht um, denn das Böse steht hinter dir. Es will dich sterben sehen!

Weitere Bücher anderer Genres

Mal düster, mal heiter – Kurzgeschichten

Mein treuer Feind – Aufzeichnungen eines ehemaligen Trinkers

Randnotizen Teil 1 und Teil 2 – Lyrische Fragmente

Nachrichten aus dem Sarg – Makabre Erzählgedichte

Tränen in der Nacht – Lyrik und Prosa

Tanz der Sinne – Gedichte

... und immer diese Sehnsucht – Gedichte

Erfüllende Wärme – Geschichte. Aus dem Alltag

Bernd Töpfer

Jahrgang 1950, geboren in Erfurt, war schon als Kind eine Leseratte. Als Jugendlicher begann er, inspiriert durch die alten Klassiker, Gedichte zu schreiben. Er spürte damals schon den Drang zum Schreiben. Von 1972 bis 2011 arbeitete er im Schichtdienst bei der Bahn. Durch das Berufs- und Familienleben verlor sich das Interesse am Schreiben.

2011 beendete er sein Berufsleben infolge Altersteilzeit. Durch Zufall lernte er eine Dichterin kennen, durch die er wieder zur Lyrik fand. Er begann wieder Gedichte zu schreiben, entwickelte seinen eigenen Stil.

Nach einer gewissen Zeit befriedigten ihn die Gedichte nicht mehr und er begann kleine Erzählungen zu schreiben. Zunächst aus dem täglichen Alltag, dann begab er sich auf die Schiene des Unheimlichen, des Mystischen, des sanften Horrors. Die Ideen gehen ihm nicht aus.

2015 gab es nochmals eine große Veränderung in seinem Leben. Nach zwei gescheiterten Ehen versuchte er mit fünfundsechzig Jahren einen Neustart; eine neue Liebe veranlasste ihn, nach Österreich zu ziehen.

Kontakt: bernd.toepfer@gmx.net

Printed in Poland
by Amazon Fulfillment
Poland Sp. z o.o., Wrocław

51531482R00103